colors

colors

초판 1쇄 인쇄_ 2020년 02월 15일 | **초판 1쇄 발행_** 2020년 02월 20일
지은이_ 박예닮, 백주하 | **엮은이_** 배설화 | **펴낸이_** 진성욱 외 1인 | **펴내곳_** 꿈과희망
디자인·편집_ 김창숙·윤영화
주소_ 서울시 용산구 한강대로 76길 11-12 5층 501호
전화_ 02)2681-2832 | **팩스_** 02)943-0935 | **출판등록_** 제2016-000036호
E-mail_ jinsungok@empal.com
ISBN_ 979-11-6186-067-1 43810

colors

박예닮 백주하 지음
배설화 엮음

꿈과희망

올여름은 크게 덥지 않아 여름이 짧았던 것 같습니다. 그만큼 가을은 더욱더 일찍 맞이한다는 의미겠죠. 새롭게 다가오는 가을이 기대가 되는 하루입니다.

졸업을 앞둔 학생들의 글을 엮어 내는 것이 설레면서도 가장 부담이 되는 작업이었습니다. 그래도 별 탈 없이 진행되었습니다. 이는 중간고사를 앞두고 많이 바빴을 테지만 8월 말과 9월 초 원고 작업 막바지 스퍼트를 잘해 준 두 명의 작가 덕분이겠죠? 이 곳을 빌려 두 친구에게 고맙고 그동안 잘해 주었다는 이야기를 전합니다.

이 책은 세 부분으로 나뉩니다. 중의적 의미의 유애와 슬픈 사랑이라는 뜻의 비애, 꽃말을 활용한 상징적인 제목의 물망초. 이 세 작품은 시간과 공간적인 배경이 전혀 다른 작품입니다. 세 이야기를 통해 시공간을 넘나들며 주인공과 함께, 또는 내가 주인공이 되어 여행을 해 보는 것은 어떨까요?

두 명의 작가가 그동안 노력한 것이 무색하지 않을 만큼 독자들도 꽤 흥미롭게 읽으실 수 있으리라 생각합니다.

강북중학교 교사
배설화

작가 소개

———

박예닮

대구강북중학교에 재학 중인 3학년 8반 학생입니다. 단편들을 조금씩 쓰며 친구들에게 보여 주는 것으로 작가의 꿈을 조금씩 키워 왔습니다. 비애와 합작인 유애를 집필했습니다.

백주하

대구강북중학교에 재학 중인 3학년 8반 학생입니다. 팬픽 소설을 쓰는 것으로 글쓰기를 시작했으며 물망초와 합작인 유애를 집필했습니다.

차례
—

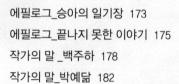

    각 소제목 앞의 색상 코드들은 글과 관련된 색의 코드입니다. 글의 맨 앞 부분에 나와 있는 시작 글에서 주인공들의 상황을 나타내는 소재나 글 전체의 중심 소재의 색을 색상 코드로 나타낸 것인데요. 글을 읽을 때에도 이런 느낌의 색상이 머릿속에 그려질 수 있도록 적어 보았습니다.

    그래서 유애에서는 연의 우울한 상황 뒤에 펼쳐질 사랑을 나타내는 색의 색상 코드를, 비애에서는 나를 잊지 말아달라는 꽃말을 가진 팬지 꽃의 색상 코드를, 물망초에서는 제목이자 중심 소재인 물망초 꽃잎색의 색상 코드를 적어 보았습니다.

    책을 읽으실 때 머릿속에 저희가 생각한 색이 떠오르신다면 성공한 거겠죠? 부족한 글이나마 재미있게 읽어 주셨으면 합니다.

박예닮 백주하

___

유애

어리고 어리석은 사랑,
나이가 어리고 어리석음

양말을 벗어던지자 발바닥이 저렸다. 손에 들린 양말의 색이 핑크색도 회색도 아닌 어중간한 색이었다. 탁한 핑크색. 웃기네, 얘도. 그래도 처음에 받을 때는 좀 괜찮았던 것 같은데, 얼마나 신었다고 이리 또 더러워졌다.

"언니, 나 지금 세탁기 돌릴 건데. 빨래할 거 더 없어?"

"아, 어, 이것까지 같이 좀 빨아 줘."

세탁기에서 나온 뒤에는 다시 분홍색을 띨 수 있을까.

"올해 우리 반에 복학생이 두 명 있다. 너무 무서워하지 말고, 그렇게 못된 애들 아니니까 서로 서먹서먹하게 1년 그냥 보내지도 말고. 같이 잘 지내라."

선생님의 입에서 튀어나온 복학생이라는 단어에 아이들이 눈을 꿈뻑거렸다, 복학생이래. 누가? 누구야? 갓 중학교 3학년이 되어 조금 어색하게 앉아 있는 대부분의 학생들과는 좀 거리가 먼 듯한 남녀 둘이 수군거리는 아이들 뒤에서 조금은 침체된 분위기를 형성하며 나란히 앉아 있었다.

"쟤넨가 봐."
"근데, 학년은 똑같으니까 선배라고 안 해도 되겠지?"
"야, 미쳤냐? 선배 같은 소리 하고 있네. 그냥 밑바닥 깔아줄 것들 더 생겼다고 생각해."

때마침 절묘하게 울리는 종소리에 선생님은 교실을 나갔고, 아이들은 맨 뒤에 앉은 두 아이를 약간은 부담스러운 눈빛으로 지켜보았다.

연이 제 쪽을 향한 따가운 시선을 느낀 건지 창문 밖을 향해 있던 눈을 스르륵 굴려 아이들의 눈과 마주했다. 뭘 봐. 딱 그 눈빛이 그랬다. 바라보는 것만으로도 오싹해지는 연의 눈빛에 아이들은 이내 시선을 거두고는 목소리를 낮춰 조용하게 수군거리기 시작했다.

"네가 그 복학생이야?"

꽤나 살갑게 묻는 목소리에, 연은 조금 당황했다. 아니, 물론 티는 안 났지만, 사실 선생님께서 이 반에 복학생이 두 명 있다는 사실을 언질해 주셨을 때부터 저 같은 애가 한 명 더 있다는 것에 적잖이 당황해하고 있었다. 내가 알기론 그런 애 없었는데, 듣도 보도 못한 사람이 같은 처지에다 하필이면 같은 반. 심지어 짝꿍일 줄이야.

아, 차라리 잘된 건가?

"너도 그 복학생이잖아."

연의 말에 태윤이 약간 놀란 기색을 보였다.

"어떻게 알았어?"

"넌 어떻게 알았는데?"

"난 선생님께서 가르쳐 주셨지. 아, 그럼 혹시 너도 선생님께서 가르쳐 주신 거야?"

쌤이 말해 줬다고? 쌤이랑 친한 복학생도 있나? 그게 가능해? 태윤의 물음에 연이 무의식적으로 하던 손톱 정리를 잠깐 멈추고 눈썹을 찌푸렸다. 하지만 이내 표정을 풀고는 손톱 주변의 살들을 뜯어내며 그런 건 아니고, 뭐 눈치껏. 하고 대답했다.

"친하게 지내자."

불쑥 들어오는 친구 요청에 연의 눈썹이 잠깐 꿈틀거렸다. 방긋 미소를 지으며 제게 악수를 청하는 제 옆의 남자아이가 조금은, 바보 같아 보이기도 했다.

"이런 상황에서 솔직히 친구라고 할 수 있는 건 우리 둘밖에 없 잖아."

연이 아무 말도 없이 그저 자신을 바라보고만 있자 태윤이 어깨 를 으쓱했다. 어이가 없어 이 아이가 어디 이상한 건 아닌지, 어쩌면 자신이 생각지 못한 또라이는 아닐지 위아래로 그를 훑어보던 연의 시선이 단정하게 입은 교복에 머물다 거꾸로 매달려 홀로 존재감을 과시하는 노란 이름표로 향했다. 전태윤. 이게 이름인가. 전태윤은 그 저 나이가 같은 사람, 그러니까 동년배인 사람을 모두 친구로 생각하 는 듯했다. 사뭇 진지한 목소리로 그녀의 동의를 구하는 듯한 말투에 연이 낮게 헛웃음을 터뜨리고는 태윤을 쳐다보았다.

"뭐, 그러던지."

딱 두 어절로 끝난 긍정의 대답에도 태윤은 만족한다는 듯 입꼬 리를 올려 보이고는 서랍 안과 시간표를 번갈아 보며 다음 수업을 준비하기 시작했다. 태윤의 그런 들이댐은 연에게 꽤나 당돌한 것 이었다. 그 아이 이후로 이렇게 재미있는 애를 만날 줄이야. 그 애 를 떠올리자마자 느껴지는 이중적인 감정에 그녀는 조금 전까지 말 을 섞었던 태윤을 물끄러미 쳐다보다가 이내 창밖으로 고개를 돌리 고는 눈을 감았다.

"넌 사랑받을 수 없는 아이야. 사랑을 줄 수도, 받을 수도 없는 불쌍한 아이라고."

더럽고 추잡한 목소리가 귀 주변을 돌아다니다 스르르 사라졌다.

원장이 그랬다. 난 사랑받을 수도, 줄 수도 없는 아이라고. 그런 사람이 되면 안 된다고.

연은 고아다. 고아원 원장이라도 좀 괜찮은 사람이었다면 좋으련만, 연은 그 원장 덕에 자신을 진심 어린 애정으로 대하는 사람은 아무도 없다는 것을 일찍이 깨달았다. 그랬기에 함께 노는 무리는 있었지만, 한 번도 그들에게 자신의 속마음을 내비친 적이 없었고, 그렇다고 남의 속사정도 깊게 들어주거나 고민해 주지 않았다. 단지 같은 반 친구, 그걸로 끝이다. 인생, 뭐 혼자 사는 거야. 연은 늘 그렇게 생각했다.

물론 그 삶이 전혀 외롭지 않거나 하지는 않았다. 하지만 외로움보다 자신이 정을 준 이에게서 후에 느낄 배신감이란 것이 그녀에게는 더욱 무섭게 다가왔고, 나중에는 그 아이와 같은 일이 일어날까봐, 그때와 같은 일은 한 번으로 충분하니까. 혹시 모를 싹은 잘라 내는 게 나았다. 연은 차라리 외로움과 가까이 하는 것을 택했다. 가끔씩 쓸쓸한 것을 무마하는 것보다 혹시 모를 위험이 너무나 두려웠던 어린 아이의 선택. 좋은 선택은 아니지만 나쁜 선택도 아니었기에 연은 마음 편하게 먹으리라 생각하고 받아들였다. 그것이 가장 나았다.

첫인사 이후 연과 태윤은 늘 같이 다니기 시작했다. 물론 친밀감의 구십 퍼센트는 태윤의 공이었다.

"야, 연. 오늘은 과학 수행."
"오늘 수학 수행. 자 필요하대."
"야, 연. 체육 가자."

알겠다, 알겠어. 가자. 어 야 너 근데 바지 거꾸로 입은 거 아니지. 안 속아. 그렇게 가끔씩 실없는 장난도 주고받으며 둘은 더욱 친해 졌다. 한 살이라는 나이 차이, 적지만 많은 그 차이가 그들과 반 아이 들 사이에 장벽을 만들어 냈다. 그들이 어떻게 할 수 없는 장벽 속에 서 원체 주위에서 하는 말에 크게 신경을 쓰지 않는 연과 태윤은 서 로에겐 서로밖에 없다는 식으로, 그냥 그렇게 지냈다.

"야, 물 있냐?"
"네? 어, 있어. 있어요."
"그럼, 좀 마실게."

눈을 마주치지도 못하며 내민 손에 들린 물병을 연이 휙 채간다. 벌컥벌컥. 원래 그리 물을 많이 마시는 타입도 아닌데, 이상하게 오 늘따라 목을 타고 잘도 넘어가는 물줄기에, 물통에서 짤랑거리던 물 이 연의 입안으로 순식간에 다 사라졌다. 어, 다 마셨네.

"미안, 지금 새로 물 떠다 줄까?"

"아니, 아니요. 괜찮아요."

연이 미안하다는 표정을 지으며, 뭐가 그렇게 무서운지 울상이 되어 버린 그 애의 책상 앞에 물통을 조심스레 올려놓았다. 그녀의 귓가에 날파리가 웅웅거리는지 시답잖은 말소리가 들려왔다. 깔 거면 면전에서 까던가. 존심도 없는 것들.

"물 잘 마셨어. 고마워."
"……."
"아. 그리고 난 반말이 더 편한데. 네가 불편하면 존대 써도 되고. 근데 한 가지만 쓰자, 우리."

안됐다는 듯, 주위에서 동정의 눈길이 연의 앞에 있는 아이에게로 쏟아진다. 그런 아이들을 한 번 죽 훑고는 맨 뒤쪽에 위치한 제 자리를 찾아 연이 터벅터벅 걸어간다. 그런 연을 아이들이 한 번 흘긋 쳐다보고는 다시 좀 전처럼 속닥거린다. 아, 물론 전보다 톤은 좀 더 낮춰서.

이야기를 하는 아이들 중, 가장 시끄럽게 떠들던 무리가 저 무리라, 저절로 눈길이 갔던 거였다. 목이 마르던 차에 마침 아이들 가운데에 놓여 있는 물통이 눈에 들어왔을 뿐. 제가 한 번 다녀오니 조용해진 무리에, 반 분위기도 순식간에 훅 가라앉았다. 아 재미없어. 왜 다들 나만 싫어해. 한쪽 다리를 꼬고 앉은 연이 턱을 괴고는 공상에 잠겼다.

"무슨 생각 해?"

제 앞에서 위아래로 흔들리는 손길에, 연이 흐릿하게 뜨던 눈을 고쳐 떴다. 아, 왔네, 유일하게 아직까지는 나를 싫어하는 것 같지는 않은 사람.

"뭐라고 했어?"
"무슨 생각하냐고 물었어."
"그냥."

피식 웃는 태윤에 연도 그냥 함께 웃어 버렸다. 나 영어 도우미. 같이 가자. 저와 같은 상황에 놓인 아이가 그것도 제 반에 한 명 더 있다는 거, 그거 참 잘된 것 같았다.

평소와 다를 바 없는 체육 시간인데도 뭐가 그렇게 즐거운지 깔깔거리며 웃는 애들을 물끄러미 쳐다보며 연이 나지막이 말했다.

"내 친구들은 지 나이대에 맞게 고등학교 가서 잘 지내고 있는데, 나만 이렇더라."

평소에 헤실헤실 웃고 다니기에 이런 말에는 크게 신경 쓰지 않을 줄 알았는데. 조금 일그러진 태윤의 얼굴은 꽤나 의외였다.

누구는 좋겠다고 했다. 중학교의 마지막 생활을 한 번 더 누려 본다는 거. 누구는 바쁘게 고등학교로 올라가서 피 터지게 입시 싸움을 해대는데, 중학교와 고등학교 사이의 틈이 1년 더 생긴 거니까, 그거 정말 좋은 일 아니냐고. 그 말을 듣던 연은 그렇게 말했다. 좋을 리가. 네가 한 번 살아볼래? 싫다고 할 거면서, 무슨.

"넌 왜 꿇게 된 건데?"

처음 꺼내는 화제. 서로 복학생끼리니 그나마 맞는 점이 있겠지. 복학생이니 같이 다녀야지. 그렇게 생각하면서도 두 달이 지나갈 동안 정작 태윤이 복학생인 이유조차 모르고 있었다. 그녀의 물음에 태윤이 손깍지를 꼈다가 폈다가 하며 손을 만지작거렸다. 본인도 손을 가만히 두지 못하긴 하지만 보기는 싫은지, 연은 태윤의 꼼지락거리는 손 하나를 그녀의 조그만 손바닥 위로 올렸다. 자동으로 멈춘 그의 손에 태윤의 검은 눈동자가 연을 내려다보자 연이 눈으로 물었다. 자, 손은 내버려 두시고. 빨리 답을 해 봐.

"나는 유학 갔다 왔어."

예상치 못한 대답에 연의 눈과 입이 동시에 확장됐다. 아, 그랬구나. 어쩐지 영어를 잘한다 했어. 발음도 좋고. 그래서 외고 준비생인건가. 고개를 작게 끄덕이며 다시 눈을 땅으로 고정시키고 자신의 발만 뚫어져라 응시하던 연이 다시 태윤을 바라보며 물었다.

"유학은, 어땠는데?"

"그냥."

희미하게 웃으며 대답하는 태윤을 보며 그녀 또한 입꼬리를 어색하게 올렸다. 괜히 물었다. 빌어먹을. 갑자기 싸해진 분위기에 연이 앉은 자리에서 안절부절 못했다. 이어서 할 말을 빨리 찾아봐 주연! 그냥 아무 말이라도 던져라.

"근데 유학 안 갔다 온 거 같아. 너 보면."

아니. 그렇다고 이런 말을 하려던 건 아니었는데. 창피함에 엉덩이가 절로 들썩거리려는 것을 간신히 참고 조심스레 태윤을 올려다보았다. 미묘하게 변하는 표정에 연이 허리를 곧게 펴고는 태윤을 바라보았다. 입가를 씰룩거리는 것이 애써 웃음을 참고 있는 것 같았다.

"욕이야 칭찬이야."

"칭찬이지. 어렸을 때 유학 갔다 온 것치고는 한국말을 너무 잘하니까. 그래서 그런 생각이 들었던 거지."

그렇구나, 고마워. 입 꼬리를 한가득 올려 음소거로 크게 웃던 태윤이 연의 눈치를 보며 슬쩍 표정관리를 했다. 이제 더 이상 이을 말이 없다는 걸 직감한 연이 무료하게 고개를 숙이고 있을 때, 타이밍 좋게 체육 선생님이 그녀를 불렀다.

"23번! 주연! 빨리 안 나올래?"

"네. 나갈게요."

아, 다행이다.

…… 다행인가?

나랑은 다른 아이였구나. 같은 이유에서 복학을 한 게 아니구나. 태윤의 말을 듣고 연이 제일 처음으로 한 생각이었다.

태윤은 초등학교 4학년쯤 미국으로 유학을 갔다. 한창 한국 친구들과 친하게 지내려고 할 때 갑자기 떠나 버린 유학인데다가, 학교에서는 영어를 막 배울 시기라 영어를 유창하게 할 만큼의 실력도 갖추지 못한 채 미국 땅에 발을 디뎌버렸다. 잘생긴 외모에도 불구하고 꽤나 두껍게 생긴 언어의 장벽으로 인해 태윤은 낯을 엄청 가렸고, 그렇게 외로운 학교생활을 하려던 차에, 태윤에게 구세주 같은 이가 등장했다. 유성이라는 친구였는데, 그 아이는 저처럼 한국 아이였지만, 꽤 오래전부터 유학 생활을 한 것인지 미국 아이들과도 굉장히 친하고, 활발하게 지냈다. 약간의 동질감이 느껴졌달까, 둘은 급속도로 친해지기 시작했다.

중학교 2학년의 겨울 방학을 앞두고 태윤과 유성은 둘만의 캠핑을 준비했다. 캠핑을 가기 전날, 유성의 집에서 파자마 파티를 하기로 한 그날. 유성은 태윤에게 절대 들어오지 말라고 얘기한 후 방으

로 들어가 버렸다. 아무리 기다려도 나오지 않는 유성이 너무 걱정
되어 태윤은 결국 문을 열고 방 안으로 들어갔다.

"유성아?"

저의 부름에 거의 발작을 일으키다시피 무언가를 급하게 찾고 있
던 유성의 동작이 한순간에 멈췄다. 천천히 고개를 들어 올린 유성
의 눈에는 살아있는 사람의 눈에 비치는 그것이 없었다. 소름 끼치
는 눈이 허공에서 맞부딪치자, 태윤은 그냥 도망치기 시작했다. 유성
은 끈질기게 따라왔고, 태윤은 한 어른에 의해 가까스로 구출되었다.

유성은 마약 혐의로 경찰에 넘겨졌다고 했다. 그런 뉴스는 태윤
에게 꽤나 충격적인 것이었고, 태윤은 울기도 많이 울었다. 자신과
가장 친했던 친구가 제게 안겨 준 배신감은 꽤 컸다. 더 이상 미국에
서의 생활을 이어갈 수 없겠다고 여긴 태윤과 가족은 결국 한국으로
귀국했다. 머릿속에 떠돌던 생각들을 머리를 흔들며 탈탈 털어낸 태
윤이 다시 자리로 돌아온 연에게 미소 지어 주었다. 태윤의 미소가
쓸쓸해 보이던 건 그저 연 자신의 착각이길 바랐다.

그 체육 시간 이후로 조금은 서먹해진 분위기를 풀 시간도 주지
않고 얼마 안 가 학교에서는 체육 대회 공지가 내려왔다. 물론 체육
대회 전에는 중간고사가 있었고, 자유학기제인 1학년들과 달리 내
신 반영 비율이 높은 3학년들인지라 더 중요한 것이냐 물으면 당연

히 3주 뒤의 마지막 체육 대회보다는 고등학교와 연결되는 1주 뒤의 중간고사가 더 중요했다. 하지만 그것 또한 연과는 관련이 없는 일이었다. 흔히 말하는 머리는 좋은데 공부는 하지 않는 스타일. 민기의 동생인 민지의 닦달로 수업 시간에 졸지는 않지만 그뿐, 수업 시간 이후로는 절대 교과서를 펼쳐 보지 않는 연이었다. 아무 생각 없이 평소처럼 노트 위에 노래 가사를 끄적이던 연을 태윤은 보던 과학 문제집을 덮고 바라보았다.

"야, 공부 좀 하자."
"아, 왜. 나 너 방해 안 했는데?"
"너 그렇게 끄적이는 게 더 방해돼. 지금 중간고사 한 주 남 은 거 알아?"

하, 그래. 그럼 공부하는데 방해되지 않게 아예 사라져 줄게. 연이 공책을 탁 소리 나게 덮고는 교실 밖으로 빠져나갔다. 드르륵하고 문이 열리는 소리가 크게 나자 반 아이들의 시선이 둘에게로 쏠렸다. 쿵쿵거리며 나가는 연을 보며 태윤이 한숨을 쉬었다.

공부를 하기 싫어한다고 공부를 못 하느냐, 그것도 아니었다. 비록 태윤의 눈길 때문에 억지로 수업에 집중하기도 했지만 선생님이 발표를 시키실 때면 꼬박꼬박 대답도 잘하는 게 바보는 아니었다. 그 좋은 머리 뒀다가 썩히지 말고 공부 좀 하지. 태윤이 길게 한숨을 쉬었다.

"네가 뭔데 참견이야."

당연히 연은 한 귀로 듣고 한 귀로 흘렸다. 아무리 친해졌다지만 이렇게 시킨다고 해서 곧이곧대로 들을 연이 아니었다. 되려 내 인생 내가 알아서 살지 자기가 꼰대 선생이라도 되나 싶어 어이가 없었다.

싸늘한 공기만을 남겨두고 사라진 연에 태윤은 아무 일도 없었다는 듯이 풀던 문제집에 다시 집중했다. 저, 저 독한 것. 연이 뒷문으로 태윤을 넘겨다보며 징 하다는 듯 진저리를 쳤다.

"이틀 동안 중간고사 본다고 고생했다. 종례는 짧게 끝내마. 수고했다!"
"감사합니다!!"

시험이 끝난 날이라 쿨하신 선생님께서는 짧은 종례와 청소 없음을 선언하시고 금방 교무실로 나가 버리셨다. 한쪽에서는 우는 아이들을 달래 준다고, 또 한쪽에서는 친한 무리끼리 모여 떠들어 댄다고 정신이 없었다.

"야야, 울지 마. 너 잘했잖아."
"피씨방 가자!"
"지금 시내 나가면 사람 터질 거 같은데…… 점심 여기서 먹고 갈래?"

"야야 됐어. 그냥 갑시다-!"

평소에는 조용히 공부만 하던 아이들도 숨 막히는 시험의 중압감에서 벗어나서인지 어디로 갈지를 정하며 모두 뿔뿔이 흩어졌다.

"시끄러워-"

물론 연과 태윤에게는 해당 사항이 없었다. 태윤이라면 모를까 연은 엄청난 집순이었다. 게다가 시내에 한 번 나가면 돈이 얼마나 드는데. 툴툴거리던 연이 이내 가방을 챙기고는 텅 빈 반을 휘 둘러보았다. 하필 왜 이런 날 또 주번이어서. 창문을 잠그고 뒷문 열쇠를 건 연이 앞문을 탁 열어젖히고 삐딱하게 기대섰다.
"전태윤, 십초 센다. 빨리 챙겨서 나와."

십 구 팔 오 삼 일

"닫는다."
"아니, 제대로 세야지. 너 육 초 셌잖아."
"시끄럽고. 빨리 나와."

주번인 연과 그런 연을 기다려 준 태윤이 천천히 교문을 빠져나왔다.

"시험은, 잘 봤어?"

평소처럼 땅을 보며 걸어가던 연이 조그맣게 대답했다.

"뭐, 그럭저럭."

"평균 어느 정도 나온 거야?"

"원래 그런 거 계산 잘 안 해 보는데."

"아, 그러냐?"

"뭐 대충 한 68 정도려나."

태윤이 걷던 것을 멈추고는 연의 쪽을 바라보았다.

"평균이 68점이라고?"

"어, 왜."

"거짓말이지."

"넌 몇 점인데."

"……."

"뭐 90점 이상이고 막 그러냐. 야. 그건 네가 이상한 거야."

아…… 그래, 내가 이상한 거…… 제 딴에는 절대 납득할 수 없는 점수였다. 앞서가는 연을 멍하게 쳐다보던 태윤이 벙찐 얼굴로 연의 뒤를 따라갔다. 어벙하게 제 뒤를 따라오는 태윤을 보며 연이 입을 삐쭉거렸다. 아니. 평균 68점이면 엄청 잘 본 건데? 또 막 잔소리 엄청 하겠네. 아 괜히 말했나.

"야 나 간다?"

"어? 벌써?"

"나 이쪽으로 가야 하잖아."

아, 어 잘 가. 점수에 놀라서일까, 태윤은 오늘따라 연과 얘기를 많이 나누지 못하며 집에 도착했다.

'아, 너무 놀라지 말 걸 그랬나. 그래도 나름 잘 나왔다고 했는데.'

지금 생각해 봤자 되돌릴 수 없는 일이기에 태윤은 지금 생각하느라 골머리를 앓는 것보다는 머리 한구석에 저장해 놓는 것을 선택했다. 도어록을 열고는 비밀번호를 누르자 띠띠띠띠 하는 경쾌한 소리가 귓가에 울려 퍼졌다. 매일 듣는 소리지만 기분이 좋아서인지 오늘따라 듣기 좋았다. 기쁜 마음으로 집에 들어간 태윤을 고소한 냄새가 반겼다.

"태윤이 왔니?"
"네. 왔어요."
"시험은?"
"잘 쳤지."

으이구 잘했어. 친히 의자까지 빼 주시는 김 여사님에 태윤이 자랑스럽게 자리에 앉았다.
"연이는? 시험 잘 쳤어?"
"걔 공부 많이 하는 애가 아니라서."

"아, 그래?"

이것도 좀 먹어. 숟가락에 밥과 함께 올려진 반찬을 입 안에 한가득 넣으며 태윤이 제 모친과 대화를 나눴다. 꼭 교과서에서나 나올 법한 화목한 가족의 모습이었다.

행복하겠네, 걔는. 시험도 잘 치고. 지금쯤 부모님이랑 하하 호호 하고 있으려나. 생각할수록 더 바닥으로 치닫는 자존심에 얼굴이 험악하게 일그러졌다. 태윤과 헤어지고 삼 분 정도 걸었을까. 지긋지긋한 옥탑방이 눈에 들어왔다. 계단을 올라가 문을 열자 기분처럼 음산한 철커덕 소리가 귀를 치고 지나갔다. 연은 어두운 원룸 구석에 가방을 내팽개치고 얼굴을 무릎에 묻었다. 민지는 친구들과 약속이 있다고 했던가. 평수도 좁으면서 유난히 휑한 집구석 안에 틀어박힌 연이 중얼거렸다.

"…… X 같아."

예쁘지도 않은 목소리가 좁은 집안에 갇혀 제 귓속에서만 윙윙 맴돌았다.

저녁을 먹고 침대에 누워 뒹굴거리던 태윤의 머릿속에 잠깐 연의 얼굴이 스쳐 지나갔다. 갑자기 어울리지 않게 유성이 함께 떠오르자 헛웃음이 나왔다. 연이 유성처럼 되지 않았으면 했다. 그래서 그답지 않게 공부 좀 하라고 잔소리도 해댔던 거고, 수행평가도 같이 챙긴 거였다. 유성은 미국이라는 낯선 타지에 가서 처음 사귄 친구였고, 가장 믿었던 사람이었다.

학교라는 정글 속에서 유일하게 믿을 만한, 의지하고 있던 그 아이가 빗나간 모습은 어린 마음에 타격이 컸다. 정확히 말하자면 어린 마음이라 더욱 깊게 스며들어 아팠다. 만약 연이 같은 길을 걷는다면 더하면 더했지 덜하지는 않을 것이다. 조국이라지만 미국보다 더 어색한 곳이 한국이었다. 이런 한국에서 처음으로 마음에 든 사람이었으니까, 유성처럼 되지 않기를 바랐다.

- 뭐해?

이러다간 자꾸 더 나쁜 생각으로 빠져들 것만 같아서 아예 연에게 문자를 보내 버리고는 눈을 감았다. 답장이 빨리 오면 좋겠다.

띠링! 어울리지 않는 경쾌한 소리가 어두침침한 방안에 울려 퍼졌다. 화면 위에 메시지 알림이 떴다.

[뭐해?]

뭐 하기는, 그냥 집구석에 처박혀 있지. 그렇다고 해서 지금 모습을 그대로 말해 주긴 싫어 그냥이라고 답장을 보내자마자 일 퍼센트

정도 남아 있던 배터리가 모두 소진되며 휴대폰이 꺼졌다. 다시 충전시키기엔 너무 귀찮아서 연은 깔아 놓은 두꺼운 이불 위에 철퍼덕 엎어졌다. 멍을 때리고 있으니 태윤의 얼굴이 잠깐 제 머릿속에 떠올랐다가 사라졌다.

연이라고 해서 태윤이 싫다거나 하지는 않았다. 윤민기 다음으로 친한 사람이고, 그녀의 좁디좁은 마음의 문 안으로 들어오려는 듯 발을 끼워 넣고는 아무 일 없다는 듯 능글맞게 웃고 있는 사람이다. 그런 태윤이 싫을 리가. 지금의 자신에게 가장 의지가 되는 사람 중 하나가 태윤이었다. 자꾸 공부하라며 재촉하는 것만 빼면 솔직히 좋았다. 어우. 내가 뭔 생각을 하는 거야. 꺼진 휴대폰을 매만지며 연이 잠에 들었다.

중간고사가 끝나자 학교 전체가 체육 대회로 들썩거렸다. 중간고사 전이야 선배들 시험이라고 일학년들이 조용했지만 시험이 끝난 지금이야 일학년이던 삼학년이던 거리낄 게 없었다. 특히나 삼학년은 이번이 마지막 체육 대회인지라 더욱더 열과 성을 다해서 준비를 했다. 움직이는 걸 싫어하는 연은 이해할 수 없었지만 옆자리의 태윤이 조그맣게 볼을 붉히고 있는 것을 보니 더욱 이해할 수가 없었다. 이 땡볕에 뛰어다니는 게 뭐가 재미있다고 이렇게 날뛰는지. 담

임 선생님이 빌려 주신 귀중한 국어 시간. 삼학년 삼반은 체육 대회 종목을 정하고 있었다.

"일단 중요한 건 이기는 거니까! 계주는 무조건 달리기 잘하는 사람들로 뽑자!"

실장이 내세운 이 의견은 아무도 반대하지 않았다. 그도 그럴 것이, 하고 싶은 사람을 시키는 것도 중요하지만 잘하는 사람도 물론 필요했다. 결국 계주는 이따 점심시간에 달리기를 해 보고 빠른 사람을 뽑기로 하였고, 남은 종목은 줄다리기, 단체 줄넘기, 사람 찾기 레이스 같은 것들이었다. 듣지도 않고 책상에 엎드려 버리는 연에 태윤이 등을 쿡쿡 찔렀다.

"너는 뭐 할 거야?"
"안 할 거야."

너무나 당당한 연의 말에 태윤은 잠시 말을 잃었다가 정신을 차리고 다시 말했다.

"그런데 일인 일 종목 필수야."

태윤의 말에 연의 얼굴이 실시간으로 일그러졌다. 귀찮아 죽겠는데 뭐 하러 해. 연이 그런 생각을 하고 있을 때쯤 선생님이 큰소리로 말씀하셨다.

"그리고, 이번에 우리 반이 체육 대회 1등 하면 내가 피자 쏜다!"

"우오오오오!!"

피자라는 소리에 연의 눈이 번쩍 떠졌다. 아, 피자라고. 그러면…….

"이긴다."
"뭐라고?"
"이겨서, 내가 피자 먹고 만다."

처음 보는 연의 열성적인 모습에, 선생님은 물론이고 반 전체가 각양각색의 모습으로 놀라움을 표했다. 이거 잘하면 진짜 일등이려나. 그런데 저렇게 마른 애가 잘해 봤자 얼마나 잘하겠어? 적어도 나무늘보처럼 늘어지지는 않겠지. 그거라도 얼마나 이득이야. 적어도 응원 점수 마이너스는 안 받으려나? 야, 듣는다. 들어.

정말 들으라고 하는 듯 신경을 거스르는 말들에 당사자가 아닌 태윤마저 얼굴이 찡그려졌다.

'앞에서는 입도 못 뗄 것들이.'

연은 객관적으로 못생긴 얼굴은 아니었다. 굳이 말하자면 예쁜 얼굴이라고 할 수도 있겠다. 하지만 그 예쁜 얼굴이 고양이 상이라는 게 문제이려나. 날카롭게 눈을 치켜뜨면 서늘해 보여 순식간에 잡아먹힐 듯한 포식자의 눈을 가진 연이었다. 거기에 무뚝뚝한 말투까지 더해지니 잘못 건드렸다가는 어디 한구석 맞을 것 같은 분위기를 풍기는 그녀에 엔간한 아이들은 말도 잘 못 붙이는 게 현실이었다. 말도 못 걸겠으면 그냥 가만 좀 있지. 태윤이 아이들이 모여 있는 무리 쪽을 한 번 째려보더니 제 옆에 앉아 있는 연을 힐긋 바라보았다.

정작 연은 제 옆에 앉아 있는 허우대 멀쩡한 놈이 본인에게 실례되는 생각을 하고 있는 줄도 모른 채, 두 눈만 투지로 활활 불태우고 있었다.

반 아이들이 떠드는 것은 귀에 들리지도 않는다는 듯 피자 소리에 연이 제 이를 바득 갈았다. 아, 이거. 위험하겠는데. 태윤이 환호하는 반 아이들과 연을 번갈아보며 불안한 눈빛을 쏘아댔다.

"야, 나도 뿌까 머리!"

드디어 정신없는 3학년 생활을 잠깐 쉬어 갈 체육 대회 날이었다. 잠깐 쉬어 가는 날이라고는 하지만 이리저리 뛰어다니는 애들을 보고 있자면 머리가 더 돌 것 같았다. 졸업사진 찍을 때면 더 이러겠지. 제 머릿속에 훤히 그려지는 아이들의 모습에 연이 작게 몸을 떨었다.

학교에서 행사만 열면 애들은 왜 이렇게 난리를 떨어대는지. 작년처럼 반티를 산다고 난리 브루스를 떨어대는 아이들에 연만 슬쩍 눈물을 훔쳤다. 아, 이게 어떤 돈인데. 내가 이거 안 사고 차라리 햇반을 다섯 개나 더 사겠다. 그렇게 눈물을 머금고 만삼천칠백 원씩이나 주고 산 반티는 바퀴벌레 잠옷이었다.

작년엔 좀 무난하게 밖에서도 입고 다닐 수 있을 듯한 반티를 정해서 여름이면 잠옷 대용으로 썼던 것 같은데 이번에는…… 정말 어찌할 수가 없는 반티였다.

이렇게 된 이상 연은 피자를 위해 온몸을 불사를 수밖에 없게 되었다. 화장기가 다분히 낀 여자아이들 사이에서 바퀴벌레 잠옷을 입은 멀건 얼굴의 연이 이를 으득으득 갈며 뼈에서 우두둑 소리가 나게 스트레칭을 해댔다.

"줄다리기 결승에 진출한 삼학년 삼반과 구반은 모두 운동장 중앙으로 나와 주세요."

피자로 통합이 된 반 아이들이 여러 종목에서 1, 2위를 차지하며 반 점수를 차곡차곡 쌓아가다 보니 어느새 체육 대회는 막바지를 향해갔다.

"언니 선크림 안 발랐죠."

"어? 어······."

"이거 발라요."

무심한 듯 그러나 두 손으로 공손하게 선크림을 건네는 정아를 연이 빤히 쳐다보았다. 쟤, 민지 친구인 것 같던데 되게 잘 챙겨 주네. 고맙게시리.

햇빛이 쨍하게 내리쬐는 땡볕의 운동장에서 연이 선크림을 제 팔에 찌익 짰다. 진짜 쪄죽겠네. 혼잣말을 내뱉으며 이마에 맺힌 땀을 닦아낸 연이 아이들 틈으로 들어갔다.

"일로 와."

제 옷깃을 잡는 손길에 거의 끌려가다시피 뒤쪽으로 이동한 연이 어느새 태윤의 옆자리에 자리 잡았다. 아 앤 뭐 이런 곳에 서 있지? 좀만 앞으로 가도 그늘인데. 불평할 새 없이 그대로 앉으라는 선생님의 말씀에 연이 태윤의 옆에 쪼그려 앉았다.

몇 분을 그렇게 앉아 있으니 정말 땀이 비 오듯이 쏟아졌다. 와, 나 아킬레스건 짧아서 이렇게 못 앉아 있는데 진짜 미치겠네. 아예 땅바닥에 주저앉으려고 하는 순간 들리는 마이크 소리에 연이 한숨을 푹 내쉬고는 다시 자세를 고쳐 앉았다.

"삼학년 삼반이 구반보다 학생 수가 한 명 더 많으니까 한 명만 빠져 주세요."

갑작스러운 통보에 아이들이 우왕좌왕했다. 야 박지현이 제일 말렸으니까 얘 빼자. 아니 나 할 거라고!

"나 빠질게."

할 짓 없이 그저 잡고만 있던 줄을 턱 소리 나게 내려놓고는 아이들 틈을 빠져나간 연이 손으로 햇빛을 가리고는 미간을 찡그렸다. 대열에서 빠져나가 운동장 옆쪽에 덩그러니 서 있으니, 연에게 아이들의 시선이 곧바로 집중되었다. 뭘 봐. 마치 3학년 새 학기 첫날에 연이 지어 보였던, 눈에서 욕이 나올 듯한 표정을 다시 지어 보이자, 아이들이 일제히 눈을 줄다리기 줄에 고정했다.

"이겨라. 나 빠졌는데 지면 죽는다."

짐짓 험악한 표정을 지어 보이며 제 반 아이들에게만 들릴 목소리로 말을 하자 줄을 잡은 아이들의 손에 힘이 더 들어갔다.

"자, 일어서시고. 응원 점수도 어느 정도 있습니다! 준비, 시, 작!"

팽팽하게 당겨진 줄 사이에서 아무것도 하고 있지 않은 연만이 조회대 쪽을 바라보았다. 아니 응원상이 있다고? 그 순간 제 바로 옆에서 나는 신발들이 질질 끌려가는 소리에 연이 냅다 콩콩 뛰기 시작했다.

"삼반 이겨라! 삼반 이겨라!"

평소에는 무기력하다 못해 나무늘보나 코알라가 아니냐는 말을 들을 정도의 연이 이렇게 흥분해서 뛰는 건 이번이 처음이었다. 크게 들려오는 응원 소리에 태윤의 팔뚝에 불끈, 하고 핏줄이 튀어나왔다.

"하나, 둘! 하나, 둘!"

심지어 연은 이제 박자까지 맞춰 주고 있었다. 여린 체구에서 폭발할 정도의 목소리가 삼반 전체의 귀를 파고들었다.

"다들 누워! 뒤로 누워! 잘하고 있어!!!"

울려 퍼지는 연의 목소리에 삼반 아이들이 젖 먹던 힘까지 끌어 모아 줄을 잡아당기려는 순간,

"뎅-"

승리를 판가름할 징 소리가 울렸다. 구반 쪽에서 환호성이 들려 왔다.

"우오오오오오오!!"

"이겼다아아아아!!!"

"아, 이길 수 있었는데."

"이제 우리 어떡하냐."

희비가 극명하게 갈렸다. 연의 눈치를 슬금슬금 보며 졌지만 속상한 티도 못 내는 삼반 아이들과 환호성을 내지르는 구반 아이들을 번갈아 보시던 체육 선생님께서 크게 웃음을 터뜨리셨다. 마이크를 타고 들려오는 웃음소리에 전교생 대부분의 눈동자가 선생님께 향하자 선생님이 계속해서 웃으시며 말했다.

"삼반…… 응원상 주마!"

"우와아아아아아아아!"

선생님의 폭탄 선언에 모든 학생들의 눈이 휘둥그레졌다. 아직 안 끝났는데? 소리를 지르던 삼반 아이들도 뭔가 찜찜한 듯 멀뚱거리며 선생님을 바라봤다. 수업 시간에도 보기 힘든 집중력을 이렇게 보내주는 학생들에 헛웃음을 지으시던 선생님이 장난스럽게 말씀하셨다.

"믿은 건 아니지?"

그래, 그럴 수야 있나. 삼반 아이들은 체념하며 다시 줄을 잡았다.

"진짜 똑바로 안 하냐."

굉장히 심기가 뒤틀린 표정을 하고서는 자신들을 바라보는 연의 시선에 삼반 아이들은 다시 군기가 바짝 잡혔다.

"이번에 이기면 봐준다, 내가."

그 말에 힘을 입은 것인지 줄을 잡아당기는 아이들의 팔뚝이 더욱 단단해졌다. 그렇지! 그렇지!! 결국 두 번째 판은 삼반의 승리로 돌아갔다.

"어유. 더운데 고생 많았으니까 여기서 그만하자 이제. 삼반, 구반 다 125점씩 가져가도록."

우와아아아!!! 신난 함성 소리가 삼반과 구반에서 동시에 터져나왔다. 해산! 빨리 점심 먹고 와! 아그들아. 계주 경기는 이미 시작한 것 같았다.

"급식 진짜 맛있었다."
"그러게, 웬일로 우리 학교 급식 퀄리티가 높아진 거지."
"더운 날 뛰는 우리들이 불쌍한 선생님들의 배려?"
"모범생께서 그러시다니 뭐, 그렇겠지."

평소에는 그저 그렇다가도 체육 대회 날이면 이상하게 맛있어지는 학교 급식에 연과 태윤은 순전히 연의 조름으로 급식 줄을 빨리 서 순식간에 다 먹어 버리고는 학생들이 서 있는 줄을 헤쳐나가는 중이었다.

"이제 무슨 종목 남았지?"
"어…… 사람 찾기 레이스가 먼저고 다음이 계주네."
"그러면 나 자고 있을 테니까 그 사람……."
"사람 찾기 레이스"
"그래. 그 사람 뭐시기 끝나면 나 깨워."

할 말만 남긴 연은 자연스럽게 스탠드에 기대어 눈을 감았다. 얼마 지나지도 않아 새근새근 잠든 연에 태윤이 중얼거렸다.

"아무리 그래도 체육 대회에서 쳐 자냐."

사람 찾기 레이스는 눈 깜빡할 새에 끝났다. 마지막 주자가 출발하자 태윤이 연을 깨웠고, 벌떡 일어난 연은 구석에서 전의를 불태우며 몸을 풀었다. 피자 먹으러 가자.

"언니 시작하기 전에 언니 눈빛으로 애들 한번 싹 죽이고 들어가요."

반 아이들의 응원에 힘입어 시작된 계주는 처음엔 선두를 달려나갔다.

"어떡해!"

"괜찮아 빨리 일어나면 돼!!"

두 바퀴즈음 돌았을 때 제 속도를 못 쫓아간 다리가 꼬이며 연의 반 아이가 넘어지고 말았다. 꽤나 벌어진 격차를 제 앞의 아이가 점점 따라잡자 연이 싱긋 웃으며 제게 뛰어오는 아이를 바라보았다.

그에 반해 태윤은 불안한 눈빛으로 연에게 바통을 건네주려 뛰어오는 아이를 초조하게 바라보았다. 그러고는 바통을 건네받자마자 바로 바뀌어 버리는 연의 표정에 태윤이 넋을 놓고 그녀를 쳐다보았다.

"우와아아아아아!"

"언니 와아!! 언니!!! 멋져요!!! 진짜 이 언니한테 내가 인생 배팅 해야 되나. 진짜 언니!!!!!"

연은, 정말 무서울 정도로 빨랐다. 더 무서운 건 운동장 반 바퀴를 돌고도 별로 숨 가빠 보이지 않았다는 점이다. 태풍이 불었다가는 날아갈 것 같이 생겨 놓고는 태풍이 오면 도망갈 수 있을 정도의 속도를 보여 준 연에 태윤은 잠시 반한 것도 같았다.

"쟤 미쳤나 봐. 너무 멋있는데."

결국 연은 반 바퀴가 차이 나서 꼴찌이던 삼반을 단숨에 1등으로 올려놓고 여유만만하게 일등으로 골인했다.

"미친놈"

"이제 알았어?"

연의 미친 속도에 삼반은 당당히 일등 단상에 올랐다. 근데 내가 다 이기게 했는데. 이 정도면 내가 단상에 올라야지 반장이 왜 올라가? 중얼거리는 연에 태윤이 머리에 손을 얹고는 머리를 토닥토닥했다.

"달리기를 잘하는 것과 인성이 좋은…… 악!"

"죽을래?"

아, 놀리는 거 너무 재밌다. 등짝을 퍽퍽 맞으면서도 태윤의 입은 웃고 있었다. 애가 단순해서 그런가, 왜 이렇게 웃기지. 그렇게 둘이서 만담을 벌이는 동안 상장과 상품 수여는 끝이 났다. 상품은 컵라면이었고, 연의 활약으로 응원상까지 받았는데 응원상 상품은 음료수였다. 상품에 기분이 좋아진 연이 콧노래를 흥얼거렸다. 흐음, 마음에 들어. 이럴 거면 작년에 좀 열심히 할 걸 그랬나. 시답잖은 생각을 하며 연이 교실로 발걸음을 돌렸다. 묘하게 처진 발걸음에 태윤이 조금 고개를 갸웃거렸다. 방금까지 기분 좋더만. 또 왜 저래?

한편 연은 음료수를 보자마자 민기가 생각나 마음이 심란했다. 그 애가 가장 좋아하던 음료수. 그녀는 물처럼 밍밍하다고, 이프로 부족한 게 아니라 이프로밖에 없다고 싫어하던 이프로 음료수가 눈에 보이자 기분이 확 나빠졌다. 그러고 보니, 두 달 후면 그 녀석 기일이네. 시간이 너무 빨리 지나가는 느낌에 심장에 구멍이라도 난 듯 싱숭생숭해졌다.

체육 대회의 열기는 얼마 가지 않아 기말고사로 사그라들었다. 역대급 난이도의 문제들을 출시해 버리신 선생님들에, 대부분의 과목 평균이 이삼 점씩 떨어졌고 마지막 날의 마지막 교시였던 수학 시험은 반 아이들 절반 이상에게서 눈물을 뽑아냈다. 그리고 다음날 발표된 수학 시험의 평균은 50.8점. 중간고사에 비하면 거의 10점 이상이 떨어져 버린 것이다.

아이들의 얼굴은 먹구름보다 더 우중충해졌고, 특히 연의 얼굴이 압권이었다. 태윤이 뭐라고 위로라도 해 줄까 싶어 입을 열려는 순간, 연이 선수를 쳤다.

"아마 내일은 나 연락 안 될 거야."
"왜?"
"장마 시작이잖아."
"그러니까 그게 왜."
"그냥."

웃으며 말하는 연의 표정이 억지로 웃는 것마냥 좋지 못했다. 덩달아 씁쓸해져 가는 태윤의 마음을 알아챈 건지 가방을 챙기고 먼저 가 보겠다는 인사를 한 연이 교실 문밖을 나섰다. 연이 나간 자리를 눈에 담던 태윤이 천천히 가방을 챙기고 교실을 나섰다.

"민지야, 이것 좀 평상 위로 들고 가 주라."
"어. 알겠어."

밥을 합해 찬이 네 개밖에 되지 않는 탁상을 민지가 번쩍 들어 올린다.

"윤민기 좀 볼까-."

장롱 속 눅눅해진 건지 때가 낀 건지 모를 누런 사진을 연이 팔을 뻗어 힘겹게 꺼낸다. 사진 속에서 웃고 있는 아이는, 시간이 지나도 변한 것이 없다. 기억 속의 그 모습 그대로 어린아이다.

칠월 이십구일. 허전한 벽을 가득 채우는 이 집의 달력은 그 큰 크기 때문에 가장 눈에 띠면서도 이 집에서 가장 관심을 끌지 못하는 물건이다. 그 달력에 일 년 중 유일하게 빨간 펜으로 메모가 되어 있는 날이 있는데, 그날이 바로 오늘이다. 장마 시작일. 윤민기 기일. 연이 1년 중 가장 많이 우는 날.
기일은 어떻게 보내야 하는지, 누가 한 번이라도 가르쳐 준 적이 없어서 기일에는 장롱 속에 감춰 둔 민기 사진을 꺼내 밥상 위에 떡 하니 올려놓고는 그냥 밥을 먹는 것이 끝이었다.

올해라고 다를까, 빌어먹게도 달라진 꼴을 보이지 않은 현실에 연의 눈은 담기도 힘들어 보이는 눈물방울을 매달고야 말았다. 그래도 앞에서 밥을 차려 준 민지도 보이는지라 밥을 안 먹을 수도 없고, 결국 그녀는 목구멍 안으로 꾸역꾸역 밥을 밀어넣었다. 체할 것 같이 반찬 한 젓가락 없이 밥을 밀어넣는 연에 보다 못한 민지가 젓가락으로 연의 밥그릇을 툭툭 치며 말했다.

"울지 말고 좀 먹어. 간 다 됐는데, 울면 더 짜잖아."

얘는 울지 말라는 말을 이런 식으로밖에 못한다. 그러고는 김치나 한 장 제 밥 위에 툭 얹어 놓는 꼴이 퍽 웃기다. 윤민기, 윤민지. 남매가 아주 쌍으로 성격까지 똑같다.

"야, 빨리 이거 먹어. 그러니까 밥 시간만은 좀 꼬박꼬박 챙겨서 오라니까."

연은 화가 나면 밥을 안 먹는 못된 버릇이 있었다. 그럴 때면 윤민기는 꼭 항상 눈칫밥 더 얻어 가며 1인분씩만 받아야 할 밥을 2인분씩이나 받곤 했다.
"나 없으면 어떡할라 그래."
"내 옆에 윤민기가 없으면 그게 삶이냐."

허, 하고 어이없다는 듯 고개를 돌리는 얼굴에 웃음꽃이 핀다.

그때까지만 해도 정말 영영 안 떨어질 줄 알았지, 이렇게 아예 못 보게 될 줄을 알았나. 솔직히 윤민 남매와 연은 앞으로의 입양을 기대한다는 게 웃기는 일이었다. 민기의 동생인 민지는 입양 기회가 꽤나 주어졌었지만, 제 오빠와 같이 가는 게 아니라면 안 가겠다고 생떼를 부리는 바람에, 그 기회는 번번이 날아가 버렸다.

원장으로서는 그 셋이 골칫덩이일 게 분명했다. 불쾌하다는걸 감출 생각도 없는지 원장은 싫은 티를 팍팍 내고 다녔다.

"얘, 민기야. 너 내 방으로 좀 와 봐라."

민기의 이름만 불렀는데도 민기와 함께 따라나선 연과 민지에게 원장이 눈을 부라리며 쏘아붙였다.

"누가 너네까지 오랬니? 윤민기만 오랬잖아!"
"왜 또 그러세요. 언제는 한 명 이름만 불러도 왜 세 명이 같이 안 오냐면서 아주 난리를 피워대시더니."
"너 내가 아주 오냐오냐하니까."
"오냐오냐하는 게 원래 팔에 이렇게나 멍이 들게 하는 거였어요? 죄송해요. 엄마 있는 애들도 다 그렇게 오냐오냐 받는 줄은 몰랐어요."

이게 진짜……! 부들부들 떨리는 손을 본 연이 천장을 힐끗 쳐다보고는 피식 웃었다. 여기선 CCTV가 있으니 또 못 때린다 이거네.

"때릴 거면 여기서 때려요. 그런 거 아니면 데려가고."

민지야 가자. 손을 잡은 반대쪽 손으로 귀를 후벼판 연이 발걸음을 옮겼다.

"원장이 뭐래?"
"나 입양 간대."

나 뭐 잘못 들은 거 아니지? 연이 귓속으로 새끼손가락을 집어넣더니 이내 다시 빼낸다. 어이없네. 진짜야? 응, 진짜.

"뭐야, 그럼 민지도 데리고 가?"
"아니 나만 간대."
"넌 뭐라 그랬냐."
"가겠다고 했지. 그럼 뭐라고 해."

짝- 복도에 둔탁한 마찰음 소리가 울렸다. 연아 너 손 맵다니까. 이렇게 때려서 나 죽으면 어떡해. 넌 죽어도 마땅한 놈이야. 가겠다고 했다고? 그래. 혼자 잘 살아라.

그날부터 연은 민기와 한 마디도 나누지 않았다. 민기와 마주하는 상황이 놓이면 항상 먼저 피하고는 했는데, 그럴 때마다 보이는 통통 붓고 발게진 눈두덩에 민기 역시 아무 말을 하지 않았다.

"지금…… 가는 거야?"

"어."

"좋겠네."

"……."

"야."

"어?"

"잘 가라."

"너도."

"……."

"잘 지내."

이주 가량을 그렇게 보내고 이제 가겠다는 마지막 인사를 나눌 때, 솔직히 연은 민기의 목소리가 너무 오랜만이라 민기의 앞에서 울어 버릴 뻔했다. 어쩌면 제 오빠와 하는 마지막 인사가 될 수 있는 순간에도 자고 있던 민지를 억지로 깨워 보려는 걸 민기가 말렸다. 다행히도 민지는 제 오빠에게 마지막 인사를 못 한 것에 대해 그리 슬퍼하거나 원망하거나 아쉬워하지 않았다. 그렇게 한참을 못 보다가 몇 달 뒤에 윤민기를 만났다. 뭐가 그리 좋고 행복한지, 자기가 어디에 있는 줄도 모르고 버젓이 웃고 있는 윤민기가 검은색 액자틀 안에서 연과 민지를 반겼다.

"어린애 하나 죽었다고 무슨 장례식을. 어휴 원장님도 참 대단하세요."

"아니에요. 그동안 쌓인 정이 있지. 제가 입양을 잘못 보내서……."

"무슨 소리세요. 원장님 할 도리는 다하신 거죠. 지가 운이 없어서 그렇지."

"그래도……."

꼴값을 떤다 정말. 너무 어이가 없어서 눈물도 안 나왔다. 웃겨 진짜. 다시 만나자고 약속해 놓고선 맞아 죽은 윤민기나 저 쇼를 하는 원장이나. 웃기다 웃겨.

연은 엉엉 울면서 민기의 입양 확인서와 여러 문서들을 원장실에서 몰래 빼내와 잠도 안 자고 확인했다. 눈이 벌게진 어느 날 새벽에, 연이 민지를 깨웠다. 이번에는 절대로 더 자도록 내버려 둘 수 없다는 듯이.

"민지야, 일어나. 언니랑 같이 좀 가자."

그러고선 나온 곳이 지금 함께 밥을 먹고 있는 이곳이었다.

"언니, 근데 난 솔직히 오빠 없어도 괜찮아."

"그러냐."

"내가 그때 너무 어려서 그랬나. 솔직히 오빠 기억도 잘 안 나기도 하고."

"……."

"근데 언니 없으면 좀, 힘들 것 같다."

저도 어색한지 깨작깨작 다시 젓가락으로 밥을 푸는 민지를 보며 연이 멸치를 밥과 함께 꾸역꾸역 입에 넣었다. 소금도 안 친 밥이 짜게 느껴졌다. 울지 말걸. 눈물 나도 좀 참을걸.

밥을 싹싹 긁어먹고는 빈 그릇을 싱크대 위에 올려놓고 다시 평상으로 나왔다. 언니, 나 먼저 잘게-. 응, 자.

평상 위에 앉아서 모은 다리를 팔로 감싸고는 손에 들린 민기의 사진을 연이 물끄러미 쳐다본다. 눈물이 뚝뚝 떨어져서 연의 팔 위를 적신다. 그래도 맘껏 울지는 못한다. 민지가 또 깰까 봐.

"민기야, 나 요즘 괜찮은 애 생겼다."

목이 메어 와, 연이 침을 뱉어내듯 소리를 내뱉는다. 민지를 깨워 고아원에서 나올 때 함께 챙긴 몇 안 되는 자신의 짐 중 하나가 민기와 연이 함께 찍었던 사진이었다. 마땅히 민기의 유품이라 할 것이 없어서 가끔 그 사진을 뚫어져라 보면 마찬가지로 사진 속에서 자신을 뚫어져라 쳐다보는 민기와 눈을 마주하게 되어 그냥 그 자체로 마냥 슬퍼서 운 적도 많았다.

"너도 걔 한 번 보면 아, 진짜 좋은 애구나 할 거야. 너도 보고 싶지? 그치?"

사진 속 민기에게 말하는 연의 주위에는 적막감만 맴돌았다.

"야, 있잖아 민기야, 나 그 애를 많이 좋아할 것 같아. 근데 나 그러면 안 되잖아. 난 널 그렇게 만든 원장을 죽여 버리고 싶은데, 그래서 그 원장에 대한 기억은 하나도 남김없이 지워버리고 싶은데 말이야. 그 사람, 그 말이 너무 기억에 남아. 민기야. 나는 사랑하면 안 되는 사람이래. 내가 사랑을 받으려고 하고 사랑을 주려고 하면 내 주위의 사람이 불행해질 거라더라. 너처럼 말이야. 민기야. 난 저번처럼 그렇게 또 이 애를 잃고 싶지 않아. 민기야, 나 그냥 너한테로 갈까? 네 기일마다 이러는 게 나도 참 웃긴데, 세상에 무슨 미련이 이리도 많이 남은 건지 죽는 건 또 너무 무섭다. 지금 내 옆에 네가 있어 준다면 정말 좋을 텐데. 민기야, 나 네가 너무 보고 싶어. 넌 날 보고 싶어 할까? 응? 민기야. 윤민기. 들리기는 하냐?"

무릎 사이에 얼굴을 묻고는 연이 꺽꺽 울었다. 채 내뱉지 못한 울음들이 연의 목 뒤로 쓰게 넘어간다.

"어, 머리 잘랐네?"

팔을 베고 누워 있는 연의 옆자리로 태윤이 와서 앉았다. 눈을 느리게 한 번 깜빡이다가 태윤을 본 연이 어색한 듯 자신의 머리에 손을 대며 물었다.

"응, 이상해?"

긴 머리를 싹둑 자른 연은 좀 낯설었지만 전보다 은근히 더 귀여 워진 모습이었다.

"아니, 잘 어울리는데?"
"다행이네."

얕게 웃음을 지은 연을 보며 태윤이 그녀의 머리에 손을 갖다 대었다. 전과는 다르게 쓰다듬을 때마다 툭툭 끊기는 머리에 태윤이 내심 아쉬운 얼굴을 했다.

"근데 좀 아쉽긴 하다."
"그러냐."
"너만 미련 없으면 된 거지 뭐."

말을 하고는 히죽 웃는 태윤에 연도 덩달아 웃음을 흘렸다.

"근데 너 눈도 좀 부었다."
"어, 어?"
"너 완전 그 슬픈 개구리 페페 같아."

연이 부끄러워 빨개진 얼굴을 서둘러 가리려 제 머리칼을 급하게 찾는다. 하지만 얼굴 전체를 가리기에는 턱없이 부족한 머리카락을 보고 그만 눈을 질끈 감았다. 내가 미쳤지. 무슨 생각으로 머리를 자르냐. 그런 연을 보며 태윤이 또 웃는다. 너 귀까지 빨개졌어.

"아, 그냥 좀 모른 척 좀 해 주라."
"오늘 방학이니까 마지막으로 맘껏 놀려야지 안 그럼 방학 때 근질거려서 못 살아."
"그러네. 아, 이제 방학이면 누가 밥 먹여 주나."

의자에 완전히 몸을 뉘여서는 자리가 빈 제 앞 의자를 발로 툭툭 차던 연이 나지막이 읊조렸다.

"왜? 방학하면 좋은 거 아닌가?"
"밥을 못 먹잖아. 학교는 무상급식이라 그냥 주는데."

그럼 나랑 맨날 밥 먹으면 되지 뭐. 어깨를 으쓱거리며 아무렇지도 않게 말을 내뱉는 태윤에 연이 눈을 깜빡거렸다.

"뭐, 그러시던가."

연은 그 말을 정말 장난으로만 받아들이고 대답했다. 그러니까, 다르게 말하자면 실제로 매일 한 끼를 태윤과 같이 먹게 될 거라고는 상상도 못했다는 뜻이다.

"너 할 일 없지?"

"왜 그렇게 생각하는데?"

"우리 근 오일 동안 만나서 그냥 이러고만 있는 거 알아?"

"너도 할 일 없잖아."

"뭐?"

"아니, 네 말대로 근 오일 동안 이렇게 계속 만나 주고 있는 거보면, 너도 할 일 없네."

너무나 맞는 말에 연이 그냥 입을 다물어 버렸다. 사실 저는 이 방학 동안 알바를 해서라도 돈을 좀 모아야 했는데, 한 번도 본 적 없는 이 엄마라는 작자는 뭐 하나 맘에 들게 내게 해 준 것이 없다. 왜 애를 십이월이 다 돼서나 낳고 난리야. 생일이 아직 지나지 않아 알바를 할 수도 없는 처지였다. 생각이 꼬리를 물다 보니 금세 시무룩해져서는 제 앞에 있는 스무디만 푹푹 퍼댔다. 아이. 이것도 맛없네. 잘못 시켰어.

방학이 시작되자마자 연은 마치 자신이 방학 때만 오픈하는 학교에 다니는 것 같은 느낌을 받았다.

띠링- 아침부터 울리는 문자 소리에, 눈을 비비며 일어난 연이 시간을 확인했다. 아홉 시? 미치겠네. 연은 한 번도 방학 동안 오전에 활동을 해 본 적이 없었다. 아니, 일단 일어나 있는 시간조차 아니었다. 오전에 일어나면 아침까지 먹어야 했기에 최대한 늦게 일어나고는 했는데, 무려 아홉시에 문자가 와서 저를 깨운 것이다.

- 기상

- 너무 심한 거 아니야?

- 미안하니까 내가 뭐 사줄게.

그 말에 홀린 듯 태윤을 따라 나온 것이 벌써 오일째였다.

"아침 먹었어?"

"아니."

"뭐 먹을래?"

"네가 골라. 원래 사 주는 사람 마음이랬어."

"사 주는 사람이 이렇게 선택 기회를 주면 빨리 고르는 거랬어."

아무튼 말로는 한 마디도 안 져요. 할 말이 없다는 듯 쩝 하고 연이 주위를 두리번거렸다. 뭔가를 먹고 싶은 생각이 별로 안 들었지만 지금 상황으로서는 어디라도 가자고 해야 할 것 같았다. 근데 도대체 아침 열시에 어느 가게가 문을 연다고.

"저기 가자."

"아침으로? 음료를 먹자고?"

"안 돼?"

아니. 가능하지. 근데 너 배가 안 찰까 봐.

"나 저기서 아메리카노 진짜 마셔 보고 싶었어."

씨익 웃으며 당차게 카페 문을 열고 들어가는 연에 태윤이 그 뒤를 따랐다.

“너 진짜 아메리카노 먹을 거야?”

“아 왜 그러냐니까? 난 이거 무조건 먹을 거라고.”

“후회 안 하지?”

“그딴 걸 왜 해.”

음료가 나오자마자 제가 가져오겠다고 뛰쳐나간 연이 태윤의 앞에 음료를 탁 내려놓고는 제가 시킨 아이스 아메리카노를 쭙 빨아 마셨다. 그리고 어울리지 않는 조심스런 목소리로 물었다.

“나 이거 버려도 돼?”

“……”

“미안. 잘 먹을게.”

태윤의 말을 들었어야 했는데. 사약 같은 커피를 억지로 꿀꺽꿀꺽 삼킨 연은 그날을 내내 똥 씹은 표정으로 지냈다. 그렇게 한 번 데이고 나니 도저히 커피를 마실 엄두가 안 났다.

“캐러멜마키아토 한 번 마셔 보라니까?”

“나 이제 커피는 안 마셔.”

“아니, 이건 진짜 단 건데.”

초코 프라페요. 아이스로 주세요. 새침하게 주문을 끝내고는 자리를 찾아 나선 연의 뒷모습을 보며 태윤이 어이없다는 듯 헛웃음을 내보였다.

"너, 돈이 많니?"
"어?"
"돈 쓰는 거 한순간이야. 너 이렇게 맨날 나 만나면서 만 원씩 써
버리면 나중에 어떡하려고."

내가 좋아서 쓰는 건데 뭐. 이런 돈은 안 아까운 돈인 거야. 빨대
로 딸기 스무디를 한 번 스윽 젓더니 샐쭉 웃으며 태윤이 말했다. 너
참 여유롭다. 안 아까운 돈이 어디 있니.

"나 너 좋아하는 거 같거든."
"좋아해도 아니고 좋아하는 것 같다는 또 뭐냐."
"말 그대로. 확실치는 않고 좋아하는 것 같다고."
"설레다가 말았잖아. 근데 진짜 좋아하면 죽여 버린다."

얼음을 와그작 깨물며 표정을 썩히는 연에 태윤이 피식 웃었다.

"너 맨날 죽이네 살리네 하는데 그거 진짜 하나도 안 무섭다."
"내가 장난 같지."
"아니, 미안."

바로 꼬리를 내리는 태윤에 연이 피식 웃었다.

"장난인데 뭘 쫄아, 또."

생긴 거랑 진짜 안 어울린다. 턱끝까지 차오른 뒷말은 양심에 찔려 삼켰다.

"넌 고등학교는 어디 갈 거야?"
"나 고등학교 안 갈 건데."
"그럼?"
"나 검정고시 칠 거야."

검정고시? 그게 뭔데. 시험 쳐서 고등학교 다닌 거랑 비슷하게 인정받는 거. 오, 그런 것도 있구나. 태윤이 스무디를 한 번 쪽 빨아 마신다.

"나도 너랑 같이 그거나 칠까."
"외고 안 갈 거냐."
"아니, 가야지."

샐쭉 웃으며 다시 한번 음료를 마시는 태윤에게 연이 한껏 썩은 표정을 지어 보인다. 도대체 그러면 저런 말은 왜 한 거야?

"내일부터 같이 방학 숙제할래? 공부도 좀 하고."
"내가 왜?"
"너 시험 친다며. 그럼 공부 잘해야 하는 거 아니야?"

"아, 근데 나 검정고시 일찍 칠 생각 없는데."

"아, 그럼 말고."

검정고시를 친다면서도 공부는 의식적으로 멀리하는 연에 태윤이 하하, 하고 영혼 없는 웃음을 지었다. 저 좋은 머리를 왜 안 쓰려고 이러실까. 그날의 하루는 시답잖은 소리들로 메워지며 끝을 맺었다. 하지만 그렇다고 해서 더 이상 만나지 않았다는 건 아니었다. 태윤은 자기가 환자를 돌보는 의사라도 된 듯이 꼬박꼬박 연에게 톡을 보내왔다.

– 뭐 하냐

– 집

– 할 거 없으면 나와. 우산도 챙기고.

입을 삐쭉거리며 창문 밖을 한 번 내다본 연이 급하게 옷을 챙겨 입고는 집 밖으로 뛰쳐나갔다.

"근데 진짜 우산은 왜?"

"오늘 비 올 확률 삼십 퍼센트래서."

"그러니까. 비 올 확률이 삼십 퍼센트밖에 안 되는데 왜?"

"혹시 모르잖아."

오늘은 뭐 먹을 건데? 자연스레 화제를 바꾸는 연에 태윤이 그럴 줄 알았다는 듯 웃으면서도 근처에 아는 식당에 가자며 말을 받아 주었다.

"아니 무슨 비 올 확률 삼십 퍼센트라며……."

식사가 끝나고 나오자마자 산성비만 후두둑 떨구는 하늘을 연이 원망스럽게 올려다보았다. 이놈의 비는 왜 갑자기 미친 듯이 온대. 삼십 퍼센트가 이렇게 높은 확률이었나.
"비 올 확률이 일 퍼센트여도 우산은 좀 가지고 다녀라."

태윤이 일점 오인용 우산을 훅 폈다. 한 명만 쓰기에는 좀 크고 두 명이 함께 쓰기에는 어깨까지 비를 가리는 것을 포기해야 할 정도의 크기에 연이 재빨리 태윤의 손에서 우산을 빼내들었다.

"내가 씌워 줄게."

그런 연의 말에 태윤이 코웃음을 쳤다. 아, 역시 얼굴이 이래도 전태윤 이 새끼는 재수 없단 말이지.

"야 원래 우산은 키 큰 사람이 씌워 주는 거야. 지금도 봐. 나 우산에 머리 닿잖아."

그러면서 어깨를 푹 수그리는 태윤에 연이 마지못해 우산을 넘겨 주었다.

"저 앞에 편의점까지만 같이 쓰고 가자. 내가 우산 사 줄게."

오천육백 원. 여기요. 별로 예쁘지도 않은 투명우산이 오천육백 원씩이나 한다. 그렇게나 거금을 들여 사도 또 잘 부러질 거면서. 매너 없는 수동 우산에 연이 귀찮다는 듯 우산을 펼친다.

"이거 줄 테니까 이거 잘 들고 다녀라."
"어?"
"내가 샀잖아."
"아니 원래 이게 네 거였잖아."
"원래 다 주인 마음인 거야. 나 간다."

얼떨결에 우산을 바꿔 쥐고는 멀어져 가는 태윤의 뒷모습을 연이 멍하니 쳐다보았다.

하늘에 구멍이 뚫린 것마냥 쏟아지던 비는 소나기였는지 연이 태윤의 집 방향과 제 집 방향의 갈림길이 놓인 곳에 다다르자 바로 그쳐 버렸다. 아니, 사실 그전부터 그쳤을지도 모르는 일이다. 하지만 태윤과 헤어진 뒤로 여러 가지가 머릿속에 들어차 갑자기 생각이 너무 많아진 탓이었을까. 넋을 놓고 멍하니 걷다가 정신을 차리고 보니 주변의 사람들이 우산을 하나둘씩 내려놓고 있기에 연도 황급히 우산을 접었다.

옥탑방은 왜 이리도 높은 곳에 있는 건지 계단을 오를 때마다 숨이 턱턱 막혔다. 세상에서 제일 낮은 위치의 사람들이 가장 높은 곳에서 세상을 바라보는 꼴은, 참 재미있었다. 옥탑방까지의 계단은 항상 나에게 위쪽 계급으로의 이동이 이렇게나 힘들다는 걸 다시 상기시켜 주곤 했다. 적어도 나한테는 그런 게 필요가 없는데. 애초부터 가능성 없는 일, 희망 없는 일이란 걸 알고 있어서, 생각이라는 것을 하기 시작한 때부터 이 삶에서 뛰쳐나가겠다는 생각은 추호도 하지 않았으니까.

그런데 요즘 한 번도 꿈꿔 보지 않았던 그 꿈이 내 안에서 스멀스멀 피어오른다. 돈이 있어야 취향도 찾을 수 있다는 말, 요 근래 들어서야 처음으로 공감했다. 전태윤이 음료수 고작 몇 잔 사 준 게 뭐 그리 대수라고. 근데 거기에 뻑 갔다. 계속 그 애와 함께 시간을 보내고 싶었다. 시간도 돈이 있어야 쓸 수 있는 거라는 말. 오늘 그녀가 마신 음료의 액수를 보며 다시 한번 수긍했다.

터덜터덜하고 늘어진 발걸음으로 집으로 들어가 민기의 사진이 담긴 액자를 가지고는 평상 위에 고인 물기를 손으로 대충 걷어내었다. 그러고는 아침에 개고 가지 않은 이불 위에 그대로 드러누웠다. 여름은 정말 너무나도 덥다. 집 안에 있어 봤자 수도세 아까워서 씻지도 못할 거지만 그렇다고 선풍기나 에어컨을 트는 건…… 애초에

이 집엔 냉난방기라 할 게 없어서.

한참을 누워 별들만 바라보고 있으니 이 모든 게 참 평화로운 것
같았다. 이 집에서 돈 안 들고 할 수 있는 게 별 보는 일뿐이라 생긴 취
미랄 것도 없는 취미지만 돈 나가는 소리가 안 들리니 평화로운 것 같
기도 했다. 누구는 별 하나 보려고 몇 억씩이나 들여 망원경을 산다고
하지만 그거 다 헛짓 같았다. 여기 있으면 별이 얼마나 잘 보이는데.
비가 그친 후라 더운 바람이 부는데 자꾸 눈물만 나서 안 그래도
열이 나는 몸이 더 달뜬다.

야, 민기야. 액자 안에 꼬깃꼬깃하게 접힌 사진을 꺼내며 연이 눈
물을 쏟는다.

"나 고아원에서 뛰쳐나올 때 민지 손 꽉 잡고 나오면서 뭘 가지
고 나온 줄 알아? 내 통장이랑 민지 통장, 네 통장 그리고 원장 통장
까지 갖고 나왔어 나. 그동안 후원이니, 뭐니 하며 받아먹은 돈이 적
어도 몇 천만 원은 될 텐데 우리 통장에는 0이 그렇게 없더라. 그 0
들 그거 다 원장 통장에서 찾았잖아. 근데 더 웃긴 건 뭔지 알아? 원
장이 너 입양 보내면서도 고아원 명부에서 네 이름은 끝까지 안 지
웠더라. 네 이름 앞으로 들어오는 후원금이, 그 얼마 되지도 않는 돈
이 얼마나 아까웠으면. 알코올 중독자인 너네 양아버지는 그것도 몰
랐겠지. 그러고선 너 데리고 가서 엄청 팼겠지. 빈 소주병으로. 근데,
네 사망 보험금 그거 원장이 다 가져갔더라. 너 보험 들어 준다고 할

때 미리 알아챘어야 했는데, 지금 생각하면 이제 후회해 봐야 뭐 하나 싶다. 그래도 나 그 통장에 있던 돈으로 나랑 민지 살 이 집 좀 마련했다. 그때 너한테 진짜 고맙더라. 우리 그 돈이랑 정부에서 월마다 꽂아 주는 돈으로 근근이 살고 있어. 나 너 엄청 보고 싶은데 민기야. 근데 네가 죽은 게 참 다행이라는 생각이 들어. 이 돈 때문에. 네가 죽은 게 나한테는 엄청 다행으로 느껴진다고."

나. 언제부터 이런 쓰레기가 된 거지. 차마 입밖으로 내보내지 못한 말을 꾸역꾸역 삼키고 그냥 대 자로 뻗어 될 대로 되란 듯이 눈을 감았다. 정말 소리 내서 말했다가는 네가 들을 것 같아서. 누워서 울고 있으니 눈물이 흘러내려 귓바퀴를 적신다. 아래층에서 술에 취한 아저씨가 내 인생은 왜 이딴 식이냐고 고래고래 소리를 지르며 하소연하는 것을 묵묵히 다 들어내며 연이 눈을 더 꼭 감았다.

"언니."

"……."

"언니이. 좀 일어나 봐."

슬그머니 문을 열고는 평상 위에 퍼질러 누워 있는 저를 애써 끌어내리는 민지를 보고 연이 한 번 피식 웃었다. 어렸을 땐 마냥 칭얼대는 소리로밖엔 안 들렸었는데, 너도 다 컸네. 언제 이렇게 컸냐, 민지야.

"이렇게 자면 언니 입 돌아가. 빨리 들어가서 자자."

이제는 키도 비슷해진 민지를 끌어안고 연이 칭얼대며 집 안으로 들어갔다. 민지야. 어? 언니 그 폰 알람 소리 좀 꺼 주라. 언니 폰에 잠금 걸려 있잖아. 아, 그러냐. 그럼 말고.

얼마 지나지 않아 작게 코 고는 소리가 온 집안을 휘감았다. 규칙적으로 반복되던 연과 민지의 코 고는 소리가 잠깐 끊긴다. 많이 서러웠는지 잠을 자면서도 얼굴을 찡그리고는 숨을 들이마실 때 호흡을 약간 떠는 연이 가련하게 몸을 웅크리고 잠을 청했다.

- 만나자

만날래? 도 아니고 만나자란다. 양치를 하다가 언제부터 이런 만남이 우리에게 당연해진 건지 한참을 생각했다. 치약 거품이 가득한 입을 제때 헹구지 않아 입안이 점점 매워졌다. 보낼 답이 마땅히 생각나지 않아, 연이 휴대폰 화면을 껐다 켜기를 연신 반복했다.

- 싫어

무슨 어린애 투정도 아니고. 좀 다른 말로 대체해 보려다가 생각하기도 귀찮고, 생각한다 해도 이 말을 대체할 더 좋은 말이 있을 것 같지 않아, 그냥 싫어. 그 두 글자만 보내고는 방바닥에 엎어졌다.

눈을 감으니, 다시 잠이 오려고 했다. 갑자기 온몸이 노곤 노곤해

지더니, 정말 이대로 딱 죽어도 괜찮겠다는 생각까지 들었다. 그런 저를 비웃기라도 하듯 띠링- 하고 폰이 울렸다.

- 왜?

왜긴 왜야. 내가 너 때문에 자꾸 이상한 거에 물들려고 하니까 그러지. 이렇게 말하면 또 얘는 뭐가 이상한 건데? 하고 물을 게 뻔했다. 그 애에게는 당연하지만, 내게는 볼 때마다 기겁에 가까운 놀라움만 선사하는. 어제 봤던 영수증이 다시 머리를 스쳐 지나갔다.

- 나 나중에라도 네가 사 준 음료 값, 갚을 자신 없어.
- 왜 그러냐. 갑자기.

타자 진짜 빠르네. 내 답장만 하고 폰은 저 구석탱이에 처박아두려고 했는데. 갑자기 왜 그러냐고? 그렇게 훅 들어오면 자신도 어떤 대답을 해야 할지 잘 모르겠다. 정지한 채로 화면만 들여다보고 있으면 다시 화면에 불이 들어오며 문자 알림이 하나 더 뜬다.

- 한 시 반까지 전에 갔었던 사거리 카페 앞에서 만나자. 할 말 있어.

야, 민지야. 너 오늘 하루만 더 친구네 집에서 밥 좀 얻어먹고 와라. 내일부터는 진짜 언니가 밥 해 줄게. 민지에게 미안하다는 듯 말하고는 초라한 옷장 앞에서 한참을 고민하던 연이 이내 검은색 무지 티 한 장을 집어냈다.

카페에 도착하자 늘 앉던 자리에 앉아 있는 태윤이 보였다. 천천히 카페 안으로 들어가자 여느 때처럼 앉은 자리에서 일어나 손을 흔들며 저를 반긴다.

사실 태윤과 만나는 게 싫지 않았다. 그냥 부담이 됐다. 이런 대우를 받아보는 것이 처음이라서 그런지. 적응이 안 됐다. 그리고 함부로 익숙해져서도 안 될 것 같았다.

"나 왔어."
"오늘은 뭐 시킬래?"

모든 게 다 여느 날 같았지만 연은 어딘가 조금 다른 것 같았다. 익숙지 않은 분위기에 태윤이 섣불리 말을 꺼내지 못하고 있을 때, 연이 잠긴 목소리로 입을 뗐었다.

"야, 넌 네가 좋아하는 사람이 죽으면 어떨 거 같냐."

훅 들어온 갑작스러운 연의 질문에 태윤이 아무 말도 못한 채 그저 입술만 달싹거렸다.

"너는 나 좋아하잖아. 내가 죽으면, 어떨 거 같냐고."

태윤이 어떤 말도 건네지 못하고 연의 눈을 바라봤다. 공허한 그 눈과 마주치자 내뱉어지는 말이 너무도 쓰라렸다.

"나 고아야."

"……."

"몰랐지?"

고아원에서 같이 살았던 내가 사랑하는 사람이 죽었어. 연이 마치 남 일을 얘기하듯 무덤덤하게 제 과거를 하나씩 밝혀갔다. 그에 태윤은 어떤 반응을 보여야 할지 몰라 그저 제 손을 무릎에 어정쩡하게 올려놓고 연이 한 마디 한 마디를 내뱉을 때마다 무릎을 만지작거렸다.

"네 사랑, 나한테는 좀 과분해. 아니, 많이 과분한 것 같아. 내가 이런 걸 받아도 되는지 잘 모르겠어."

"……."

"나한테 시간을 좀 줬으면 해."

"……."

"나 오늘 센터 가봐야 해서. 먼저 갈게."

모든 사람에게 사랑받고 싶었나, 것도 아니었다. 아니, 사실 그런 걸지도 몰랐다. 하지만 사랑받지 못한 아이는 사랑할 수 없다. 마치 영국의 한 작가가 쓴 모 마법사 책의 악당처럼, 사랑이란 감정을 모르는 사람이 그러한 감정을 느끼기를 바라는 것은 사랑받지 못하는

걸 보고 있기만 했던 방관자들의 오만이다. 그러니까, 이렇게 잘라
내야 하는 게 맞았다.

태윤은 애써 웃어보였다. 입꼬리가 경련이 이는 듯 파들거렸다.
오늘 좀, 고백 텐션이었던 것 같은데. 다른 의미로 고백하는 날이었
던 거다. 오늘은.

  - 오빠 안녕하세요. 저 민지.
  - 오늘 고백했어요?
  - 둘이 오늘부터 1일?

문자가 언제 온 지도 몰랐다. 민지라 한 걸 보니 연의 동생에게서
온 문자인 것 같았다. 근데 얘는 내 전화번호를 어떻게 알지. 몇 번
고개를 갸웃거리다가 다시 생각나는 조금 전의 상황에, 태윤이 휴대
폰을 든 채로 손에 얼굴을 묻었다.
1일은 무슨. 시작도 안 했는데 벌써 차인 기분이 들었다. 그냥 울
고 싶어졌다.

-나 차인 것 같아.

문자를 보내고는 바로 주머니에 휴대폰을 넣어 버렸다. 가만히
있다가는 정말 눈물이라도 나올 것 같아서 카페 주위를 그저 뱅뱅
돌았다.

태윤의 문자를 본 민지 역시 심각해졌다. 오늘부터 1일일 것처럼 나가더니 뭐야 이게. 심각한 표정으로 민지가 태윤에게 다시 문자를 보냈다.

-집에 와서 얘기 좀 해 줘요.

민지가 보내준 집 주소를 보고 태윤이 발걸음을 옮겼다. 힘겹게 옥상까지 올라오니 민지가 평상 위에 앉아 저에게 찬 물을 건넸다.

"고마워."

그 말에 민지가 한 번 웃어보이고는 제가 앉아 있는 평상의 옆 쪽을 툭툭 쳤다.

"앉아요."

옥상으로 올라오기까지는 정말 힘들었는데 또 이렇게 평상에 앉아 바람을 맞고 있으니 괜찮은 것도 같았다.

"근데 너 내 전화번호는 어떻게 알아?"
"아, 그거. 연이 언니 폰에서 살짝 봤죠."

아, 그랬구나. 그래 그랬겠다. 수긍한다는 듯 금방 고개를 끄덕이는 태윤을 흘낏 쳐다본 민지가 작게 웃었다. 그리고 나니 또 다시 한 동안의 정적이 찾아왔다.

"근데, 정말 우리 언니가 그렇게 좋아요?"

사탕을 와그작 깨물며 민지가 묻자 태윤이 슬쩍 고개를 끄덕여 보인다.

"응. 내가 많이 좋아해."

"오빠도 참 안 됐다."

"……."

"왜 하필 우리 언니 같은 사람을 좋아해요."

태윤이 아무 말 없이 고개를 수그러뜨린다. 눈을 감자마자 연이 자연스레 떠오른다. 뜬금없이 묻던 눈동자, 말을 내뱉을 때의 잠긴 목소리…….

"야, 넌 네가 좋아하는 사람이 죽으면 어떨 거 같냐."

당황하지 않았다면 거짓말이다. 생각해 본 적도 없었고, 아직 생각해 볼 이유도, 필요도 없다고 생각했던 질문.

"너는 나 좋아하잖아. 내가 죽으면, 너는 어떨 거 같냐고."

머리를 한 대 얻어맞은 것 같았다. 그래, 내가 너 좋아하지. 그런 네가 죽으면 어떨 것 같냐니. 다른 아이들이 연애할 때면 흔히 하는 말들. 너 없음 못 산다고, 죽을지도 모른다고 하는 그런 말들과는 무게가 다른 질문이었다. 정말로 자기가 죽으면 내게 어떤 감정이 들지를 묻고 있는 그 질문에 쉽사리 입을 열지 못했다.

"나는, 나는 네가 죽길 바라지 않아."

동문서답이라고 생각했다. 원점에서 완벽하게 벗어난 이상한 대답이었다. 하지만 그게 정답이었다.

"민지야, 내가 뭐 어떤 말을 했어야 했을까."
"그 정도면 됐지 뭐."
"……."
"너무 마음 얻으려고 애쓰지 마요. 그런다고 쉽게 얻어지는 것도 아니고."

민지의 대답에 심장이 공허해졌다. 철렁, 뭐 그런 느낌까진 아니었지만 달리 표현할 말이 없었다. 문자 그 자체의 뜻대로. 그냥 공허했다. 내가 이렇게 마음을 표현해도 그 아이가 받아 주지 않는다면…… 아프겠지만 친구 사이로만 남아도 정말 괜찮을 것 같았다.

"민지야."

갑자기 뒤쪽에서 들려오는 연의 목소리에 태윤과 민지가 굳은 상태로 뒤를 돌아봤다.

"언니."
"응."
"센터 간다며."
"그냥 좀. 일찍 끝나서."
"…… 아, 그랬구나."

자연스레 눈길이 태윤이 있는 쪽으로 돌아간다.

"너도 있었네?"
"어…… 어."
"계속 있을 거야?"
"아, 아니. 이제 가야지."

잘 가. 한 마디를 남기고 옥상 위 자신의 집으로 쏙 들어가버린 연의 뒷모습을 태윤이 물끄러미 쳐다보았다.

"갈게."
"…… 아, 네. 가요."
"잘 자."
"오빠도."

태윤이 가는 것을 확인한 민지가 좀 전에 연이 들어간 곳으로 발걸음을 급히 옮겼다. 언니가 물어보면 뭐라고 말해야 하지. 그냥 사실대로 말해 버릴까. 아님 그냥 뭐라도 지어낼까. 이럴 땐 현관도 마땅히 없는 제 집이 너무 미웠다. 무슨 생각할 시간도 안 줘.

집으로 들어간 민지는 말 그대로 좌불안석이었다. 말을 걸어주기를 기다리기에는 심장이 떨려서 못 기다리겠고. 그렇다고 먼저 말을 걸기에는 도둑이 제 발 저린 것 같고. 이러지도 저러지도 못하다 결국에는 먼저 말을 하고야 말았다.

"왜 안 물어봐?"

"뭘?"

"내가 오빠랑 무슨 얘기했는지 궁금하지 않아?"

"야, 민지야."

"응."

"나는 있잖아. 너한테 물어보고 싶은 게 너무 많아."

사실 뭐부터 물어봐야 할지도 모르겠어. 내가 이런 마음을 가져도 되나 싶고 이게 진짜 내 마음인 건지도 모르겠고 너한테 이런 걸 물어보는 게 맞는 건가도 싶고 난 좀 그렇다.

"언니."

"그래서 그냥 자려고."

"……"

"내일 생각하자."

"……."

"내일 묻자. 오늘은 자고."

서늘한 밤공기 아래 서로가 뒤척이는 소리만 별빛 아래에서 흩어졌다. 조금 있으니 눈을 감고 고롱고롱 코를 골며 잠이 든 민지와는 달리 정작 자자 한 연은 두 눈을 아무리 감아도 잠이 오질 않았다. 내가 원래 이런 사람이 아닌데, 갑자기 웬 청승이지. 오지도 않는 잠에 되려 신경질이 났다. 됐어. 주연. 넌 잘한 거야.

잔뜩 긴장해서 어떻게 변명을 늘어놓을지 머리를 싸맸던 밤이 무색하게 연은 여느 날과 다른 게 없었다. 마치 어제의 기억을 아예 잃은 사람처럼 태연하게, 여전한 무표정으로 앉아 있었다. 무어라 할 말을 찾지 못한 태윤이 어색하게 인사를 건넸다.

"안녕?"

"안녕."

"……."

"오늘은 과외 몇 시야?"

"4시쯤."

그냥 넘어가기로 했다. 서로 말은 안 했지만 침묵의 제안과 동의가 오갔다.

또 그렇게 4시까지 시간을 때울 말들만 늘어놓을 것이 뻔했다. 그래도 그게 편하니까. 우리 그렇게 있자. 침묵의 동의가 다시 오갔다.

"언니, 이제 오네?"
"어, 좀 늦었나?"
"아니 별로."

민지에게는 속상한 모습을 보여 주기 싫은데, 어쩔 수 없이 보여 주게 된다. 이것이 민지가 더 마음을 쓰게 만드는 것인 줄 알면서도 표정 관리는 더럽게 안 되는 게, 정말 짜증나는 일이다.

"내가 언제까지 너한테 시간을 주면 될까?"

"…… 나중에, 내가 다시 연락할게."

카페에서 태윤과 나눈 말들이 귓가를 맴돌았다. 앞에서 함께 커피를 마시다가는 커피 몇 모금에 체할 것 같아 자리를 박차고 커피는 테이크아웃을 해 왔다. 카페를 나올 때까지만 해도 따뜻하던 커피가 제 손에서 점차 차갑게 식고 있었다.

"표정이 왜 그래."
"그냥."

민지가 저를 뚫어져라 쳐다보는 시선이 느껴졌다. 조금은 일그러진 그녀의 표정을 민지가 샅샅이 살폈다.

"언니."
"응."
"잘했어."
"뭐가."
"뭐든."

그 말이 뭐기에 이렇게 위로가 되는지. 커피를 싱크대에 흘려보내는 연의 눈에 눈물이 고였다. 민지가 다가와 아직은 저보다 조금 더 큰 연을 제 품 안에 가득 안았다.

난 왜 맨날 이럴까 민지야. 목이 메여 힘겹게 뱉어내는 소리가 울음과 섞여 입가를 웅웅 맴돌았다. 눈 퉁퉁 붓겠다. 오늘은 이 정도만 울어. 등을 규칙적으로 토닥이다가 침을 한 번 꼴깍 삼키고 말을 잇는 민지에 연이 피식 웃었다.

"아, 윤민지. 지 오빠랑 똑같아. 위로 너무 못해."

뭐래, 속으로는 고맙다고 생각했으면서. 아닌데? 나는 백퍼센트 진심인데. 거짓말 하지 마. 웃을 상황이 아닌데도 눈치없이 나오려는 웃음에 둘은 그냥 서로를 보고 푸스스 웃고야 말았다. 조금 이르지만 불을 끄고, 이부자리에 서로 얼굴을 맞댄 채로 누워 눈을 사붓이 감았다.

"언니, 언니 우니까 슬픈 개구리 페페 같아."
"풋, 전태윤이 그렇게 말해 주디?"
"아니, 그냥 그렇게 보인다고. 그리고 언니."
"왜?"
"……."
"말을 해, 민지야."

불러놓고 말을 하지는 않는 민지에 연이 큰 눈을 도르륵 굴렸다. 그 모습이 답지 않게 귀여워 보이는지라 민지가 씩 웃고는 말을 이었다.

"원장이 뭐라 했든, 신경 쓰지 마."
"……."
"그 인간이 뭐라 했을지는 모르겠지만 헛소리겠지. 오빠는 지가 운이 나빠서 그랬던 거야. 그냥 그런 거니까, 언니가 죄책감 가질 필요 없어."
"…… 내가, 그래도 될까?"

조금 잠긴 연의 목소리가 한발 늦게 이어졌다. 기억 속의 민기와 똑같이 따뜻한 미소를 지은 민지가 웃으며 말했다.

"당연하지. 그러니까, 내일 끝내고 와. 우리 오빠도 그걸 더 좋아할걸."

- 오늘 만날래?

확실히 마음을 밝혀야 할 것 같았다. 정말 친구로든, 좋아하는 사이로든, 절대 잃고 싶지 않은 사람이었기에.

- 지금 나갈게.

언제나처럼 제 연락을 기다리고 있었다는 듯 바로 오는 답장에 연이 몸을 일으켜 문 밖을 나섰다.

추적추적 내리는 비에, 연은 저번에 태윤이 자신에게 사 준 우산을 들고 천천히 걸었다. 비가 와서 그런지 오늘따라 모든 것이 차분하게 느껴졌다.

오늘은 연이 카페 안에서 태윤을 기다렸다. 유리창 밖으로 멀리서 뛰어오는 태윤의 인영(人影)을 보고는 다시 몸을 바로해서 뛰는 가슴을 진정시켰다.

"이제 결정했어?"
"응."

그 말에 연과 태윤 모두가 슬며시 입꼬리를 올렸다.

"나는, 나는 사랑 받으면 안 되는 줄 알았어. 사랑 받을 수 없는 사람인 줄 알았어. 날 사랑하는 사람이 항상 불행해졌으니까."

지금 이 순간에도 집중해서 들어주는 태윤이 너무 좋았다. 저를 바라봐 주는 그 눈동자를 흘깃 쳐다보았을 때는 정말 눈물이 나올 것 같았다.

"근데, 근데 있잖아. 내가 널 좋아해. 널 좋아하면 안 되는 줄 알면서도 내가 널 좋아해."

그 말에 슬며시 웃으며 고개를 끄덕이는 태윤을 살짝 보고는 고개를 수그렸다. 좋아한다고 말하는 게 너무 어색해서 손등만 살살 쓸었다.

"난 네가 날 맘 편히 좋아해 줬으면 좋겠어. 오히려 날 안 좋아해 주는 게 내가 불행해지는 거거든."

그 말에 갑자기 숨이 턱 막히면서 연의 눈에 눈물이 그렁그렁 맺혔다. 내가 사랑 받을 수 없는 아이라고 말해 왔던 원장은 날 사랑하지 않았다. 민기 외에 날 사랑해 주는 사람은 아무도 없었다. 날 사랑하지 않는 사람의 입에서 나온 그 말을 난 왜 그리도 철석같이 믿어왔는지.

이런 내게 날 좋아해 줄 수 있는 사람이 생겼다. 그래서 이젠 생각을 좀 바꿔야 했다. 나도, 나를 사랑하는 사람도 함께 행복할 수 있는 쪽으로.

갑자기 마음이 편안해졌다. 창밖으로 비가 오는 걸 바라보아도 그리 죄책감이 들지가 않았다.

"근데 너 나랑 이럴 시간은 있어?"
"바빠도 너 만날 시간은 있어."

이런 말 처음 들어보는 것 같은데. 기분이 정말 좋았다. 정말이지 전태윤은 내가 나를 특별한 사람으로 생각하게 하는 사람이었다.

"좋아해. 너는?"

비가 그치기 시작했다.

박예딤

비애(悲愛)

그냥 이번 생은, 우리가
사랑하는 게 아니었나 봐요

보라색 팬지꽃 두 송이가 수놓아져 있는 손수건을 어머니의 협탁에 슬그머니 끼워두고는 다시 내 방으로 향했다. 유학을 가기 전, 집의 모든 것을 두 눈에 담아보려 마당을 거닐던 중 그 한 켠에 작게 핀 꽃을 보게 된 것이었다. 팬지꽃의 꽃말이 나를 그리워해 주세요. 라는 것을 우리 어머니께서는 아마 모르실 게다. 어느새 어둑해지고 있는 날에 고개를 들어 하늘을 보니 사방이 보랏빛으로 가득했다. 보라색은 파장이 짧아 에너지도 빠르게 사라지는 만큼 굉장히 보기 힘든 하늘이라는 과학도서의 한 구절이 머릿속을 스치고 지나갔다. 축복인 듯 했다. 유학을 떠나기 하루 전날의 밤이었다.

　굳게 닫힌 문 앞에서 승아가 숨을 한 번 훅 들이마시고 내쉬었다. 열쇠가 쥐어져 있는 손을 접었다 펴기를 두어 번. 그러고는 열쇠에 꼭 맞는 크기의 구멍에 그것을 넣고는 힘차게 잡아 돌렸다.

"여기가 동경이라니! 내가 지금 동경이라니!"

들뜬 목소리가 온 집안을 휘젓고 다닌다. 승아가 자신의 몸집만 한 가방을 소파에 아무렇게나 던져놓은 후 집 안 구석구석을 바쁘게 뛰어다녔다. 마지막으로 화장실까지 점검을 끝낸 뒤 이제는 지친 것인지 가방 옆에 앉아 잠깐 숨을 골랐다. 그러다가도 자신이 이곳에 있는 것이 신기한 것인지 바닥을 연신 두드리며 함박웃음을 지었다.

승아의 아버지는 그녀가 7살 즈음에 돌아가셨다. 한순간에 막대한 재산을 짊어지게 된 젊은 과부는 그저 자신의 남은 몸과 재산을 하나밖에 없는 자신의 딸을 위해서만 써야겠다고 결심했다. 금이야 옥이야 키운 자신의 딸은 11살즈음부터 신학문에 눈독을 들이기 시작했다. 아이가 워낙 영특하여 신학문을 배우고자 할 때 어미는 오히려 아이를 지지하며 적극적으로 지원했지만, 여자 아이가 고것을 알아 무얼 하느냐고 하는 사람들의 따가운 눈총까지는 피할 수가 없었다. 그래서 아이를 절대로 자신의 품에서 떨어지게 하지 않겠다고 그 어미는 군건히 생각해 왔지만, 어찌 그리 말을 잘하던지. 15살, 고 어린 나이에 유학을 가겠다고 저를 설득하며 내뱉는 말들에 어미는 딸의 말을 흔쾌히 승낙해 버렸다.

승아의 유학 준비는 그 후로 착착 진행되기 시작했다.

"일본인에게 아기씨가 조선인이라는 걸 알리시면, 아기씨께 득이 될 게 없어요. 그 일본인이 아기씨를 함부로 대할 수도 있어요. 학교 외에서는 아기씨가 조선인이라는 걸 되도록 삼가도록 하세요."

승아에게 일본어를 가르치는 선교사 부인이 당부한 말이었다. 문밖에서 몰래 수업을 엿듣다가 그 말에 되려 겁을 먹은 승아의 어미는 승아가 일본어에 더 잘 적응할 수 있도록 당장 온 집안의 식솔들부터 일본어를 쓰게 만들었다. 종들은 마님이 저들에게 분부를 내리실 때 사용하는 어설픈 일본어 때문에 어찌할 바를 몰랐고, 마님은 그것에 더욱 속이 타들어가는 심정이었다.

"엄마, 굳이 이러실 필요까진 없어요."
"내가 걱정이 돼서 그래. 우리 딸, 누가 함부로 대하면 어쩌려고."
"그것도 다 제가 알아서 할 일이죠."
자식 이기는 부모 없다지만, 승아의 어미는 특히 더 그랬다.
"나는 조선어가 제일 예쁘고 좋던데."
"그래? 그럼 앞으로 조선어만 쓰자."

그것으로 그 집안의 일본어 사건은 일단락되었다.

"일본식 이름으로 생각해 둔 게 있으세요?"

일어 수업을 끝낸 후 사랑채 앞, 길게 트인 마루에서 다과를 먹으며 선교사 부인이 물었다. 승아가 손에 들려 있던 다과를 접시에 내려놓고 눈을 반짝거렸다.

"아뇨, 딱히. 혹시 추천해 주시고 싶은 이름이 있으신가요?"
"사자레. 어떨까요? 다카하시 사자레."

기다렸다는 듯, 인자하게 웃으며 말하는 사모의 입을 승아가 뚫어져라 쳐다보았다. 낯설다, 그 이름. 16년 인생, '승아'로만 살아왔는데, 이젠 다카하시 사자레라는 이름으로 살게 된다.

"혹시 이름에, 어떤 의미가 있나요?"
"조약돌이라는 뜻이에요. 작고 귀여우면서도 늘 맑은 돌이죠. 그리고 다카하시는 일본에 꽤 많은 성씨라 그렇게 대답하면, 아기씨가 조선인이라는 생각을 하지 않을 거예요."
"왜 조약돌인가요?"
"귀여운 아기씨가 늘 빛나기를 바라는 제 마음이 깃들어 있다고 생각해 주세요."

따뜻한 봄바람이 살살 불어왔다. 마당에서 빗자루질을 하는 소리, 궁금하신 게 많은 우리 어머니께서 방문 가까이로 살짝씩 다가오시는 소리. 모든 게 잔잔하고 고요하게 느껴졌다.

"어떠세요? 이제 보름 남짓, 남았어요."

"솔직히 떨려요. 근데도 재밌을 것 같아서 설레요."

보통 저 나이 대에는 잘생긴 선비님을 보고 사랑에 빠져 저렇게
설레는 표정을 짓는 게 더 어울리는데, 어째 이 아이는 공부와 사랑
에 빠진 것 같네요. 그리도 공부가 하고 싶을꼬.
"아기씨는 힘들어도 잘 이겨 내실 거예요."
"그럴, 수 있겠죠?"
"그럼요."

히- 하고 웃는 소녀의 모습이 아직은 많이 앳되어 보였다. 그럼
에도 그 초롱초롱한 눈빛은 언제나 확고한 자신의 의지를 내보여서
선교사 부인은 말없이 흐뭇하게 미소 지었다.

"잘 다녀올게요."
"보름에 한 번씩이라도 전보를 좀 쳐줄 수 있겠니?"

이 집안은 어미가 울보라 어째 딸보다 어미가 더 아이 같아 보였
다. 엄마, 걱정하지 마시라니까요. 마주 잡은 손을 불끈 쥐며 승아가
제 어미를 달랬다.

"아기씨, 준비 다 됐어요."

주책이지, 주책이야. 아이가 가는데 이렇게 눈물만 흘리고 있을

새가 어디 있나. 승아의 어미는 애써 눈물을 삼키며, 자신에게서 돌아서는 자신의 딸을 바라보았다.

"저 가요, 어머니. 울지 마시고."

서로가 보이지 않을 때까지 손을 흔들며 점점 서로에게서 멀어져 가는 모녀의 모습이 참 애잔했다.

"아기씨, 지금부턴 혼자 가셔야 해요. 배에서 내리시면 앞으로 아기씨께서 다닐 학교의 선생님께서 아기씨 이름을 부르실 거예요. 잘 다녀오세요."

부두를 오르며 저 멀리서 저를 향해 크게 손을 흔드는 선교사 부인과 제 몸종을 승아가 흘긋 바라보았다. 그 눈길에 방방 뛰기까지 하며 더 열렬히 손을 흔드는 제 몸종을 보고 승아가 슬쩍 미소를 보였다. 배 입구에서 간단하게 표를 검사받고는 제 자리를 찾아간 승아가 푹신한 듯 딱딱한 의자 등받이에 기대어 앉아 주위를 둘러보았다. 대부분 조선인인 것 같았지만, 일본인도 간간이 섞여 있는 것 같았다. 일행들과 왁자지껄하게 이야기를 나누는 이들을 승아가 힐긋 쳐다보다가 다시 눈을 감았다. 그날따라 제 옆을 쓸쓸히 채우고 있는 가방에 유독 눈이 많이 갔다.

의자 등받이에 기대어 잠을 청한 적은 이번이 살아생전 처음이었으므로 승아는 잠을 그리 편하게 자지 못했다. 정신없이 자다 깨기를 몇 번 하다가 다시 눈을 뜨면 제 식탁 앞에 놓여있는 간단한 음식물에 승아는 모두가 곤히 잠든 고요한 배 안에서 외롭게 식사를 했다.

배 안에서 생활을 한 지 이틀째 되던 날, 무료한 감을 조금이나마 달래고자 낑낑거리며 제 가방에서 책을 꺼낸 승아는 곧 그것을 그만두고야 말았다. 몇 문장을 읽자마자 메슥거리는 속에 뱃멀미가 심한 자신을 원망하며 또 그렇게 잠을 청했다.

아직 학습이 덜 된 일본어 초보자가 실제 일본인에게 말을 건다는 것 자체가 자신이 조선인이라는 것을 밝히고자 하는 행동이었으므로 승아는 배 안에서 그 누구와도 말을 나누지 않았다. 그래서인지 배가 곧 항해를 마칠 기미를 보이자 승아는 배 안에 있던 그 누구보다도 가장 기뻐했다.

배가 멈추고 짐을 하나 둘씩 챙겨 항구 땅을 밟으니 물씬 풍겨 오는 바다 냄새가, 조선의 바다와는 사뭇 다른 것도 같았다.

"다카하시 사자레상!"

처음에는 저를 부르는 건지 알지 못했다. '다카하시 사자레상'을 반복하는 목소리가 꽤나 시끄러워 반대쪽으로 발길을 급하게 돌리려고 하는 순간, 다카하시 사자레. 너무 익숙하다는 생각이 들었다.

"하이! 다카하시 사자레 데쓰!"

정신이 번쩍 들었고, 저도 모르게 그 말이 입 밖으로 튀어나왔다. 애타게 불렀었는데, 제 부름을 알아듣지 못하는 건지, 일부러 못 들은 척을 하는 겐지, 괘씸하다는 생각이 들 무렵, 꽤 귀엽게 대답을 하는 승아에, 승아의 새 선생은 입을 가리고 한참을 웃었다.

"죄송해요. 아직 일본식 이름이 익숙치가 않아서."

쩔쩔매는 듯한 어린 소녀의 모습에 선생의 입가에는 귀여운 것을 볼 때의 그것이 드리워졌다.

"괜찮아요. 오늘은 따로 수업을 하지 않을 거라서 앞으로 지내시게 될 곳만 알려 드리고 갈게요."
"네, 감사합니다."
인력거를 타고 가며 본 동경의 거리는 꽤 복잡했으며 부산스러웠다. 종이 울리는 소리, 아이가 뛰어가는 소리, 사람들이 히히덕거리며 웃는 소리…… 그중에서도 가장 적응이 안 되는 소리를 꼽자면, 사람들의 대화 소리였다. 여기저기서 들려오는 일어에 정신이 멍해질 무렵, 인력거는 한 주택 앞에 도착했다.

"이곳에 사는 일본인들이 많아요. 특히 더 조심하세요. 열쇠는 여기 있어요."

그렇게 열쇠를 받아 들어온 곳이 이 집이었다. 여러 집들이 한 건

물에 모인 이런 구조의 주택은 승아가 생전에 잘 보지 못하던, 아니 아예 보지 못했던 구조였는데, 승아는 그마저도 동경의 모습이라며 좋아라했다.

거실 끝 쪽에 크게 나 있는 베란다 창문을 활짝 열어 어느새 밤을 삼켜 버린 동경의 거리를 승아가 찬찬히 눈에 담았다.

"이사 오셨어요?"

불쑥 나타난 누군가의 목소리에 승아가 깜짝 놀라 뒤로 몇 걸음 물러났다. 그러자 전과 같은 위치에서 들려오는 웃음소리에, 승아가 다시 베란다 쪽으로 나와 소리가 나는 곳을 바라보았다.

"こんばんは(곤방와)."

궐련을 문 한 남성이 연기를 뱉어내며 제게 인사를 건네 왔다. 입 꼬리를 끝까지 당기며 제게 미소를 보이는 그의 얼굴이 제가 인사를 받아 주지 않는다면 축 처질 것 같았다.

"こんばんは(곤방와)."

멋쩍게 웃으며 인사를 받은 승아를 보고는 남성이 전과는 다른 느낌으로 활짝 웃었다. 두 집마다 베란다가 서로 이어져 있어, 옆집

으로 이동하는 것이 가능한 구조였는데 아무래도 승아의 집은 이 남
성의 집과 연결된 것 같았다.

"이사 온 거 맞죠?"
"네? 네. 이사…… 왔어요."

자신을 쭉 훑어보던 날카로운 눈과 자신의 눈이 서로 마주치자
다시 화사하게 접히는 남성의 눈가를 승아가 홀린 듯 바라보았다.

"동경이 대체적으로 땅값이 비싸긴 한데 여기는 학생이 오기에
딱 좋은 곳이죠. 값도 괜찮고."
"네…… 맞아요."

어정쩡하게 고개를 끄덕이며 대답을 한 승아를 보며 남성이 태
우던 궐련을 지져 껐다.

"이런 곳, 처음 와 봐요?"

왠지 그 사람에게는 이런 곳에 처음 와 본다고, 그냥 그렇게 사
실을 말해도 괜찮을 것 같았다. 안정을 되찾은 건지 차분하게 대답
을 하는 승아에, 남성은 그럼 가끔씩 이렇게 봐요, 하며 픽 웃었다.

그와의 첫 만남이었다.

[선생님 제 집 옆에 한 일본인 여자가 이사를 왔습니다. 그림을 함께 동봉하여 보낼 테니 한 번 알아봐 주십시오.]

혼자 사는 집은 흔히 이리 휑하다. 그 휑한 공간을 오직 타자기 소리만이 가득 채우고 있었다. 타자기 옆 상자 안에는 손 떼가 많이 묻은 봉투와 편지들이 어지럽게 흩어져 있었다.

주안은 제 바로 옆집에서 간간이 들려오는 발소리가 아직도 신기했다. 이곳에 온 지 일 년이 다 되어 가지만, 누구도 제 옆집에 이사를 온 적이 없었다. 아니, 올 수가 없었다. 아직 많이 어려 보였고 많은 것을 모르는 듯 보였지만, 일본인이었다. 미리 경계해서 나쁠 건 없으니까. 주안은 다시 한번 제가 베란다에서 마주친 소녀를 떠올려 보았다. 편지와 함께 동봉할 그림을 그리기에는 아직 얼굴이 너무 익숙지가 않았다.

주안은 앉은 상태에서 몸을 돌려 거실 끝 쪽에 위치한 베란다를 바라보았다. 웬만해선 저 문도, 잘 안 여는데. 옆집이 하도 시끄러워야 말이지. 좀 전과는 다르게 한껏 조용해진 제 옆집 쪽을 바라보며 주안이 낮게 웃음을 흘렸다.

아오이신 미유키. 자신보다 세 살 많은 19살이며, 그림 때문에 동경으로 이사를 왔다고 했다. 근 5일 동안 승아가 주안에게 알아낸 것은 그것뿐이었다. 승아가 베란다를 열면, 미유키는 항상 제 건너편에서 궐련을 태우고 있었다. 의도된 만남인지, 우연의 일치였던 건지, 첫 만남 이후로 승아와 주안은 집 앞 발코니에서 자주 만남을 가졌다. 주안은 승아가 그녀의 집으로 들어가는 것을 언제나 끝까지 바라보다가 품에서 종잇장을 꺼내 그 얼굴을 대충 완성해 갔다,

"그럼, 그림을 딱히 배우지는 않는 거예요?"
"응, 그냥 그림 연습도 좀 하고 여러 작품들도 좀 보고. 그게 공부지 뭐."

둘은 모두 조선인이었지만, 서로가 조선인일 거라는 생각은 한번도 해 본 적이 없었다. 이곳에 오기 전, 무슨 얘기를 들어서인지 한국말을 터놓고 대화하지 않은 탓이 큰 것 같았다. 무려 이 주 정도나 일본어로만 대화가 이루어졌다. 둘 모두 자신이 조선인인 것을 들키고 싶지 않아 하는 눈치였다.

서로의 본 국적을 알지 못하던 날들 동안 주안은 승아의 모습을 그린 그림을 완성하여 제가 선생이라고 칭하는 그이에게 그것을 편지와 함께 보냈고, 그동안 승아는 제 반에서 일본인 친구를 여럿 사귈 정도로 착실히 학교를 다녔다. 승아가 주안에게 보여 줄 것이 있다며 주안을 제 집으로 초대한 날, 하필 승아가 제 소식을 애타게 기다리고 있을 어머니께 전할 편지를 써놓고 책상에서 치우지 않았던 그 날이 서로를 제대로 알아가기 시작한 순간이었다.

탁자에 덩그러니 남겨져 펄럭거리고만 있던 꽃무늬의 편지지가 주안의 눈에 들어왔다. 언문으로 쓰인 편지를 본 주안의 두 눈이 커졌다.

"뭐해요?"

물 잔을 두 손에 들고 있던 승아가 다급히 그것을 탁자에 내려놓고 주안이 보고 있던 종이를 뺏어들었다.

"조선인이었어?"

둘은 서로가 같은 국적을 가진 것에 대해 매우 놀라 그렇게 잠깐 동안 벙쪄 있었다.

"그럼 조선식 이름은 뭔가요."
"문주안. 너는?"
"한승아요."

그 후로 둘의 대화는 조선어로 이루어지게 되었다. 그래서인지 전보다 대화가 더 많이 오가게 되었고, 대화 도중 서로가 일본인이 아닐 것이라는 의심을 단 한 번도 해 보지 못했다는 것을 알게 된 둘은 서로의 연기 실력에 박수까지 치며 감탄했다.
본래 타지에서 만난 내국인이 더 반가운 법이다. 둘은 서로 의지할 같은 국적을 가진 벗이 서로밖에 없으니, 더욱 가깝게 지내게 되었다. 베란다에서만 만남을 가지던 둘은 이제 아예 서로의 집까지도 오가는 사이가 되었다.

[선생님, 그 일본인 여자 말입니다. 저와 꽤 친해졌습니다. 아, 사실 일본인이 아니라 조선 여인이었습니다. 해서 굳이 여자에 대한 정보는 제게 보내 주시지 않아도 괜찮을 것 같습니다. 늘 평안하시길 바랍니다.]

급히 타자를 치고는 타자기에서 종이를 황급히 빼낸 주안이 서랍 안에 빼곡히 찬 봉투 중 하나를 골라, 그 안에 종이를 황급히 접어 넣었다. 타자를 너무 급히 친 탓인지 오타가 너무 많이 나는 바람에 이 편지 한 장을 쓰는 데 종이를 여섯 장이나 썼다. 이제는 제 집에 들어오는 누군가 때문에 편지도 조심스레 써야 했다. 오타가 난 여섯 장의 종이들을 모으며 주안이 제 옆집을 한 번 흘깃 보고는 피식 웃었다. 말끔히 정돈된 책상부터 이불이 잘 개어진 침대까지. 전과는 달라진 집안 모습에 자신도 신기하고 웃긴지 바보처럼 헛웃음을 지었다.

"모레 풍등 축제가 있다네요. 같이 갈래요?"

그래 같이 가자. 환하게 웃으며 고개를 끄덕이는 주안에 승아가 덩달아 히죽 웃음을 지었다. 특히 축제나 행사가 열리는 날이면 둘은 항상 함께 다니곤 했는데, 그럴 때마다 둘은 항상 조선 음식을 먹으러 갔다.

오늘도 국밥집 앞에 멈춰선 둘은 서로의 옷깃을 잡고 유치한 실랑이를 벌였다. 실랑이를 할 때도 주위를 지나다니는 일본인들을 의식하며 작게 읊조리듯 조선어로 이야기를 하는 둘의 모습이 마치 작당 모의를 하는 도둑고양이들 같았다.

"또 국밥? 이번엔 좀 다른 걸 먹자."
"아니, 오빠는 이게 질려요? 난 먹어도 또 먹고 싶던데?"
"네가 조선에서 이거 안 먹을 동안 나는 지겹도록 먹었다. 오늘은 좀 이해 좀 해 주라."

갑자기 또 왜 그런 말을 해요. 입을 앙 다물고 고개를 푹 숙여, 잡고 있던 주안의 옷깃을 달랑달랑 흔들던 승아가 이내 고개를 크게 끄덕이며 주안을 쳐다보았다.

"알겠어요. 오늘만 내가 양보할게."

그러고는 폴짝 뛰어 국밥집 안으로 쏙 들어가 버리는 승아에, 주안은 어이가 없다는 듯 너털웃음을 지었다. 난 백번 양보해도 국밥은 포기 못하겠어. 싱긋 웃으며 안으로 들어가 버리는 승아의 뒷모습을 따라 주안이 국밥집 안으로 터덜터덜 발걸음을 옮겼다.

주안은 승아의 모습을 많이 그렸다. 축제나 행사를 다녀오는 날이면 또 작품 하나가 완성되고는 했는데, 승아가 일본인일 것이라고 오해를 했던 지난날의 자신에게 괜히 벌을 준다고 생각하며 주안은 승아의 모습을 정성스레 그려나갔다. 처음 맛보는 서양과자를 먹는 모습도, 풍등 축제를 보며 신기한 듯 웃는 모습도, 순간이었을 테지만, 그 짧은 순간에도 주안의 눈은 줄곧 승아에게 머물러 있어서, 주안은 항상 집에 와서 오늘 자신이 본 승아의 모습들을 그리곤 했다.

"이거 나 맞죠?"

어느 날, 승아가 예고도 없이 찾아와 주안의 스케치북을 보던 날, 그날 그림 속의 승아는 실제 승아에게 발각되고야 말았다. 동그란 눈을 더 동그랗게 뜨며 이것이 자신이 맞냐고 묻는 승아에, 주안은 멋쩍게 고개만 끄덕였다.

"스케치만은 좀 허전하지 않나?"
"……."
"채색까지 해 줄 생각은 없어요?"

해 줘야지. 애교살이 듬뿍 나온 눈가가 가득 접히도록 해사하게 웃으며 묻는 승아에 주안이 희미하게 웃었다. 저렇게나 들뜬 목소리로 말하는데, 저 소녀를 차마 외면할 수가 없었다.

"예쁘게 그려줘서 고마워요."
"……"

"완성본 기대할게요!"

이렇게 좋은 반응이 나올 것이라고 주안은 예상하지 못했었다. 오히려 그동안 제 모습을 이렇게 몰래 그려왔냐며 타박을 받겠거니 생각했지만, 의외로 기분 좋은 반응에 주안의 얼굴이 밝게 폈다.

그림이 완성된 날, 승아가 학교에 가 있을 시간에 주안은 특별히 그 그림을 승아의 집 베란다에 매달아 두었다. 끈으로 단단히 묶어 둔 그림을 다시 한번 더 점검해 본 주안이 황급히 집으로 뛰어 들어와 제 침대에 엎어졌다. 어떤 반응을 보일까. 그래 그 아이라면…… 조금씩 가까이 들려오는 발자국 소리에 주안이 행복한 상상을 하다가도 숨을 죽였다. 문이 열리는 소리, 신이 슥슥 끌리는 소리. 온 신경을 귀 쪽에 집중하고 있던 주안이 이내 아무 소리도 들리지 않는 제 옆집을 이상히 여기며 상체를 벌떡 일으켰다. 곧 제 집 쪽으로 누군가 다다다 뛰어오는 소리에 주안은 덩달아 제 집 베란다로 향했다.

"이거죠? 이거! 제가 부탁했던 그림!"

승아는 정말 기뻐했다. 너무 예쁘다. 이게 진짜 저란 말이에요? 방방 뛰면서도 그림이 망가질까 캔버스 뒤쪽에만 손을 고정하여 샐샐 웃는 승아를 주안이 뿌듯하게 바라보았다. 사실, 요즘 수전증이 다시 도져서 채색을 하다 그림을 망칠까 걱정을 좀 했었는데, 괜한 걱정이었나 보다. 본래 모습이 예쁘니까, 그림도 예쁘게 나올 수밖에. 주안은 그렇게 생각했다.

"보름 후에 동경에서 불꽃 축제가 열려."

한쪽 알에 금이 간 안경을 쓰고 있던 남자가 곧 그것을 벗으며 탁자 한 켠에 내려놓았다. 짐짓 심각한 표정을 짓고는 서로를 마주보며 앉아 있는 두 남자의 주위로는 오래되어 보이는 종이들이 가득했다. 곳곳에 덕지덕지 붙어 있는 사진들과 종이들이 창문 사이로 낮게 들어오는 햇빛에 잠깐 고개를 비추었다가 다시 그 그림자에 가려졌다.

"그날을 자네가 좀 준비해 주었으면 하네."

주안이 머뭇거리며 제 손을 꽉 쥐었다 펴기를 반복했다. 입술이 열릴락 말락 하기를 반복하다가 곧 굳게 다물었다.

"왜 뭐 걸리는 게 있나."
"다른 이는, 없는 겝니까?"

잘게 떨리는 목소리로 나지막히 말을 내뱉은 주안이 살짝 고개를 들어 자신 앞에 서 있는 남성을 바라보았다. 곤란한 표정으로 탁자에 눈을 내리깔다가 곧 주안을 마주하는 그 남성은 주안의 편지에 항상 등장하는, 그 선생인 듯했다. 자신을 마주하는 꽤나 날카로운 눈빛에 주안이 움츠러들 뻔한 제 몸을 억지로 일으켜 다시 꼿꼿이 세웠다.

"자네를 대체할 수 있는 이가 없네."

"동우는,"

"지금 병상에 누워 있어."

잘 티가 나지 않을 정도로 눈가 사이를 찌푸리는 주안을 보며 선생이 손가락을 천천히 탁자에 두드렸다.

"마음에 걸리는 게 있다면, 없애 버리기를 추천하네."

"……."

"이럴 것을 알면서도 시작했던 일이지 않나."

주안이 입술을 꽉 깨물었다. 주안도 아직은 열아홉이었다. 다 컸다고 생각했는데도 이렇게 감정에 쉽게 휘둘리는 자신을 보면 정말이지 허무한 웃음밖에 안 나왔다.

적막한 공간에 오늘은 한숨 소리가 한가득 채워졌다. 쓸데없는 생각을 떨치기 위해 캔버스 앞에 앉아 붓을 잡아 보면, 더 크게 머릿속을 헤집어놓는 생각들에 이도 저도 할 수가 없었다.

"거사가 코앞이야. 준비는 잘하고 있겠지."

"…… 네."

"믿는다."

그냥 침대에 누워 버렸다. 좀 자면 개운해지려나. 그마저도 아닐 것 같았지만, 그렇게라도 하지 않으면 아예 버티지 못 할 것 같았다. 침상 옆에 있는 서랍에서 약 통 하나를 꺼냈다. 수면제를 덜어냈다가, 도로 집어넣었다. 개운하지 않을 것 같았다.

똑똑-. 노크 소리에 퀭한 눈으로 일어난 주안이 문을 열었다. 일본에서 잘 맡아보지 못했던, 하지만 너무도 익숙한 음식에 주안이 퍼뜩 정신을 차리고는 헤프게 웃어 보였다. 동우구나.

"무슨 일인데."
"뭐가."
"왜 네 눈 밑에 이런 거무죽죽한 것이 있을까?"

나도 모르지. 피곤하다는 듯 소파에 걸터앉은 주안을 보며 동우가 혀를 끌끌 차고는 저도 맞은편 의자에 앉았다.

"사흘 남았지 아마?"
"……."
"왜, 뭐 걸리는 게 있어?"
"아니, 아니야."
"너, 이전과는 좀 달라."

내가 뭘. 팔베개를 하고 의자 끝에 걸쳐 자세를 젖힌 주안이 눈을 감았다. 자는 듯싶더니, 무언가가 생각이 난 듯 갑자기 샐샐 웃는

모습에 동우가 못마땅한 눈초리를 하며 다리를 꼬았다. 왜, 뭔데, 나
도 같이 좀 웃자.

"걔를 보면, 차마 발걸음이 떨어지지가 않는다."
"…… 사랑이구나."
"네가 그 애를 봐야 알 텐데."
"……."
"아니, 보지 마라. 반할라. 나만 알아야 해. 그 아이는."

고개를 내저으며 손으로 이마를 짚은 동우가 인상을 찌푸렸다.

"시간이 사흘밖에 남지 않았는데 너는 이 와중에도 웃음이 나오
냐. 진짜 어쩌려고 그래. 이 일 시작하고 난 뒤로 그런 마음은 가지지
않기로 한 거 아니었냐."

주안의 얼굴에서 웃음기가 삭 사라졌다. 눈을 느릿하게 깜빡이며
그러게, 하고 숨을 내뱉은 주안이 씁쓸한 미소를 지었다.

"주안 오빠 있어요?"

급격히 내려앉은 공기를 가르고 밝은 목소리가 울려 퍼졌다. 승
아의 목소리에 놀란 주안과 동우가 황급히 일어나자, 승아는 처음 보
는 이의 얼굴에 잠시 멈칫했다.

"안, 안녕하세요?"

건넬 말을 찾던 중 다급하게 나온 일본식 인사말에 주안이 크게
웃음을 터뜨렸다.

"너 방금 전까지도 조선어를 했잖아."
"아, 같은 조선 분이신 거예요?"

많이 부끄러운지 귀까지 덩달아 빨개진 승아가 황급히 고개를 숙
였다. 주안의 소개를 듣고 안녕, 이라고 다시 인사를 건넨 동우에게
승아가 어색한 듯 살포시 웃어 보였다.

"무슨 일로 왔어?"
"불꽃 축제, 같이 보러 가자고요."

생각만 해도 신이 나는지 입을 실룩거리던 승아가 들뜬 목소리로
말을 꺼냈다. 하지만 자신의 예상과는 다르게 순식간에 착 가라앉은
분위기에 승아는 애꿎은 손톱만 만지작거렸다.

"승아야."
"네?"
"이번 불꽃 축제 말이야."
"같이 가 준다고요?"

"아니, 같이 못 갈 것 같아."

승아의 눈꼬리가 낮게 처졌다. 많이 아쉬워하는 것 같았다. 불꽃 축제가 흔히 볼 수도 있는 축제도 아니다 보니 더 그랬다. 우물쭈물 하던 입이 다시 열렸다.

"왜요?"
"일이 생겨서."
"그럼 나 혼자 다녀올게요. 어차피 학교에 같이 가자고 하는 친구 들도 많아서. 꼭 오빠랑 가지 않아도 돼요."

제 딴에는 감추려고 감춘 거겠지만 말 하나하나에서 아쉬움이 푹 푹 묻어났다. 태연한 척 말하는 승아에 주안이 제 입술을 한번 깨물 었다가 다시 입을 열었다.

"아니, 너도 가지 않았으면 해."

여기서도 충분히 폭죽, 볼 수 있잖아. 어지간히 당황한 승아의 눈 이 갈 곳을 잃고 주안의 얼굴 여기저기를 향했다. 왜 나까지 못 가 게 하는데? 그리고 그곳에 가서 직접 보는 거랑은 달라요. 그래도. 안 갔으면 해.

곧 싸움이 일어나도 이상하지 않을 것만 같은 분위기에 동우만 안절부절못하며 손을 뒤로 뺐다. 차라리 억지를 부려서라도 내가 하겠다고 할 걸 그랬나.

"무슨 일 있죠?"

"……."

"왜요? 말해 주면 안 돼요?"

"……."

알았어. 안 갈게. 집에만 있을게요. 급격히 어두워지는 주안과 동우의 얼굴에 결국 한 걸음 물러난 승아가 말했다.

"미안해. 네가 엄청 보고싶어 했다는 것도 아는데,"

"안 간다니까? 걱정하지 말고, 나 그럼 가 볼게요."

제 집으로 돌아가려 베란다 문을 연 승아가 주안의 쪽을 한 번 더 돌아봤다. 어둠에 가려질 것 같던 두 사람의 얼굴이 달빛으로 오히려 더 환하게 보였다. 괜찮다고 말하는 승아의 얼굴이 괜찮지 않아 보여서, 미안하다는 주안의 얼굴이 걱정으로 가득해서, 어떤 말도 할 수가 없었다. 열린 베란다 문틈으로 서늘한 공기가 들어와 승아의 머리칼을 살살 간질였다. 밤이 깊은 것 같았다.

"걱정하지 마요. 이래 봬도 꽤 말 잘 들으니까."

희미하게 웃는 얼굴을 보며 주안 역시 입꼬리를 살짝 당겨 보였다. 제 집으로 빠져나가는 승아를 주안과 동우가 함께 지켜보다가 승아의 인영이 완전히 사라지자 이내 시선을 돌렸다.

"미안, 내가 갔어야 했는데 말이다."
"몸도 성치 않은데 네가 어떻게 간단 말이냐. 빨리 다 낫기나 해라."

너털하게 웃는 주안이 무거운 낯빛으로 다시 소파에 기대어 누웠다. 그 눈빛, 다시는 보고 싶지 않은데, 앞으로 그 눈빛을 보게 될 날이 더 많아질 것 같아서. 주안이 한숨을 푹 내쉬었다. 승아가 미처 다 잠그지 못한 베란다 창문에서 바람이 솔솔 불어왔다.

불꽃 축제에서는 사상자가 발생할 만큼의 큰 불꽃이 터졌다. 화염이 터져 나오는 축제의 장을 보며 승아는 벌벌 울어댔다. 눈물로 범벅이 된 얼굴을 베갯잇에 벅벅 비벼대며 숨죽여 울었다. 그날 밤, 주안은 영문 모를 화상을 달고 들어왔다.

아무 일도 일어나지 않았다. 아니, 사실 엄청나게 큰 일이 일어난 건지도 몰랐다. 도쿄는 엄청난 혼란에 빠졌다. 거리로 나오는 것이 일정 부분 통제가 되었고, 폭발을 일으킨 자들이 조선인이라는 소문이 퍼졌으며, 그 때문에 단지 조선인이라는 이유로 해를 입는 경우가 허다하여 승아는 더욱 몸을 조심했다. 주안과 만나는 일은 없었고 서로 만날 마음도 없어보였다.

"오랜만이네."

정확히 열흘 뒤였다. 여전히 도쿄는 혼란스러웠으며, 승아의 텅 빈 머릿속이 다시금 주안에 대한 생각으로 채워질 즈음, 주안이 제 앞에 나타났다. 정말 그는 아무 일도 없어 보였다. 긴 소매 사이로 숨겨진 흉만 뺀다면. 공허하게 제 팔만 내려다보는 승아를 보며 주안은 어색하게 팔을 뒤로 감추고는 웃어 보였다.

모른 척 넘어갔다. 그게 자연스러웠다. 그리 대단한 사이도 아닌데 굳이 관심을 가질 필요가 있을까 하는 승아의 생각이었다. 머리와는 반대로 승아의 눈은 자꾸 그 어설프게 가린 주안의 팔에 가 있었고, 묻고 싶지만 차마 물을 수 없는 질문들이 승아의 머릿속을 둥둥 떠다녔지만 승아는 침묵했다.

잘 지냈냐고 되묻기엔 잘 지냈다는 어설픈 거짓말을 들을 것만 같아서, 조금 보고 싶었다는 말을 하기에는 입이 잘 따라주지 않아서, 오랜만이라는 그 말에 승아는 그냥 희미하게 웃어 보였다.

"잘 지냈어?"
"…… 네."

그래. 차라리 자신이 거짓을 고하는 바가 훨 나았다. 주안이 거짓을 고한다면 자신은 주책맞게 눈물이나 흘리기만 할 것 같아서.

"불꽃 축제에서는 불꽃이 아니라 폭탄이 터졌었대요."

"그랬구나."

"소리가 꽤나 크게 났는데, 몰랐나 봐."

"……"

"난 하도 당신이 안 보이길래, 나한테는 가지 말라고 해놓고 당신 혼자 불꽃놀이에 가서 화를 당했나 보다 하고 생각하고 있었는데."

"……"

"화는 안 당했나 보네."

승아의 말에 주안이 그저 웃어 보였다. 그것이 피곤에 찌든 억지웃음이었는지, 무언가를 숨기기 위한 웃음이었는지, 아니면, 그것을 숨기지 못한 것에 대한 웃음이었는지. 승아는 굳이 알려고 하지 않았다. 어쩌면 작별 인사였을 그 웃음을, 승아는 그저 흘려보냈다.

"계세요?"

발끝에서부터 소름이 오소소 돋았다. 마치 처음부터, 이 안에는 어떤 사람도 살지 않았던 것처럼 그 휑한 정적만이 승아를 감싸 돌았다.

"문주안?"

방을 오가는 승아의 발걸음이 빨라졌다. 마지막으로 주안의 침실까지 들어가 이 집의 주인이 정말 떠나가 버렸다는 사실을 여실히 깨달은 승아가 카펫 위에 쿵, 하고 주저앉았다. 아픔을 느낄 새도 없이 눈물이 비집고 나와서 승아가 처절히 잡은 카펫을 천천히 적셔 갔다.

설마, 설마 영영 안 오겠어요. 이 밤이 지나기 전까지는 오겠지. 날이 뜨기 전까지는 오겠지. 주안이 올 때까지 뜬 눈으로 밤을 지새우겠다는 의지와는 다르게 승아는 까무룩 잠이 들어 버렸다.

지난밤과 달라진 점 없이 승아가 잠에서 깬 곳에서는 정적만 맴돌았다. 진짜 안 오는구나. 기다리지 말자 다짐하면서도 내도록 주안을 기다렸다. 벌써 오 일째였다.

"승아야."

절대 제 기억 속에서 잊히지 못할 목소리가 들려왔다. 그토록 바랐는데, 그렇게 기다렸는데, 막상 이렇게 또 목소리를 들으니 너무 현실감이 없어서. 승아는 멍하게 뒤를 돌아보았다. 떠날 거라는 무언의 암시도 없이 이리 오래 보지 못한 적은 처음이라, 하나도 변하지 않은 주안의 모습을 보고 있으니 눈물이 핑 돌았다.

"너무 닮았다. 내가 기다리던 사람이랑 너무 닮았어요, 당신."
"미안. 미안."

들썩이는 어깨를 토닥이며 주안이 승아에게 건넬 수 있는 말은 그 말밖에 없었다.

"앞으로도 이런 날이 많아질 거야."
"……."
"네가 날 많이 기다리지 않았으면 좋겠어."

나도 당신을 기다리는 게 좀 쉬워졌으면 좋겠어요. 목놓아 우는 것보다 더 서럽게 흐느끼는 승아를 안으며 주안이 쓴 침을 삼켰다.

시간은 늘 그랬듯, 일정한 속도대로 앞을 향해 달려 나갔고, 주안이 제 집에 들어가지 않는 빈도는 더 잦아졌다.
"아직도 덜 마른 거 같다."

팔레트에 짜놓은 물감이 다 마를 때 즈음이면 주안이 돌아오고는 했는데, 때문에 승아는 열흘쯤이나 더 뒤에 물감이 마를 거란 걸 알면서도 괜히 손가락이나 붓으로 물감을 조심조심 눌러 보고는 했다. 그러고 있자면 간간이 들려오는 발자국 소리에 숨을 죽이고 귀를 기울여보는 날도 많았다. 점점 가까워지던 발소리가 다시 멀어져 가면, 승아는 다시 몸을 일으켜서 팔레트에 짜놓은 물감을 다시 만져 보았다. 언제 말라, 오려면 아직도 멀었네.

그랬는데, 언제나 그런 하루의 반복이었는데, 오늘은 좀 달랐다. 가까워져오던 발소리가 더 이상 멀어지지 않고 오히려 문 앞에서 뚝

하고 끊겼다. 승아는 황급히 팔레트에 자신의 손을 가져다댔다. 물감이 묻어나왔다.

"무슨 일이에요?"

한동안 굳게 닫혀만 있었던 현관이 제 주인을 만나 반가운 듯이 활짝 열리자, 그 사이로 들어오는 주안의 모습에 놀란 승아가 먼저 입을 뗐다. 손에 물감을 묻힌 채 벙찐 얼굴로 저를 쳐다보는 승아에 주안이 작게 웃었다.

"그거 빨리 안 씻어내면 나중에 잘 안 지워지는데."
"지금은, 안 오는 때잖아요."
"내 집인데, 내가 오고 싶으면 오고, 안 오고 싶으면 안 오는 거지. 오고 안 올 때가 따로 있나."
"진짜 왜 왔냐고요. 혹시 어디 다쳤어요?"

물감이 묻지 않은 반대쪽 손으로 주안을 잡고는 그의 몸 구석구석을 부산스레 살피는 승아의 손목을 다시 고쳐 잡으며 주안이 승아의 이름을 불렀다. 승아야. 너무도 차분하게 제 이름을 부르는 주안의 목소리에 승아가 입을 다물고는 눈을 아래로 내리깔았다. 물감이 묻은 손을 씻겨주려 틀어놓은 수도꼭지에서 나오는 물소리만이 온 집안을 가득 채웠다. 입술을 작게 깨무는 승아를 보며 주안이 다시 승아의 손을 고쳐 잡고는 수도꼭지 바로 아래에 가져다 대어 물감을 조금씩 닦아냈다.

"왜? 내가 오는 게 싫어?"

싫을 리가 있나요. 너무 좋아서 이러는 거지. 솔직히 이제는 더 안 갔으면 좋겠어요. 차마 내뱉을 수 없는 말을 애써 삼키며 고개를 들어 주안을 한 번 바라본 승아가 그저 고개만 내저었다.

"자주 올게. 내가 이렇게 들르는 게 이상하지 않게끔."

자주 오다가도 다시 집에 오지 않는 날이 많아질 거란 걸 아는데, 그걸 알면서도 그 목소리가 너무 다정해서. 너무 진짜일 것만 같아서 갑자기 눈물이 솟구쳐 오를 것만 같았다. 물감이 다 씻겨 나간 손을 옷에 슥슥 문지르며 승아가 베란다로 향했다.

"편하게 쉬어요. 더는 방해하지 않을게요."
"잘 가, 그리고 너 오는 거 나한테 방해 아니야."

베란다로 걸어 나가던 승아가 작게 고개를 틀어 주안을 향해 웃어 보였다. 다행이네, 그건. 베란다를 통해 천천히 제 집으로 들어간 승아가 어떤 소리도 새나가지 않도록 문을 걸어 잠궜다. 투둑, 떨어지는 눈물에 승아가 애써 제 입을 막으며 숨죽여 울었다.

주안은 정말로 제 집을 지켰다. 마치 이제 더 이상 떠나지 않을 사람처럼. 승아는 그것에 감사하다가도 언제 또 떠날지 모르는 주안을 보며 항상 마음을 졸였다.

"같이 장 보러 갈래?"

"갑자기요?"

"응. 물감도 다 떨어졌던데?"

크흠, 승아가 멋쩍게 헛기침을 해댔다. 그거 나 때문 아니에요. 오빠가 늦게 온 탓이지. 새침하게 고개를 돌리는 얼굴에 주안은 얼굴이 빨개지도록 웃어댔다.

"빨리 가자."

주안과 함께 걷는 동경의 밤 시장은 전과 사뭇 다른 것도 같았다. 이번엔 주안과 함께 와서 그런가, 아니 그와 손을 잡고 있어 그런가, 아무튼 기분은 좋았다.

둘은 이곳저곳을 둘러보며 배도 채우고 실없는 대화를 나누며 깔깔 웃기도 했다. 둘을 비추던 가로등이 밤 배경에 점점 밝아질 즈음에 둘은 가득 찬 배를 통통 두드리며 화방으로 향했다.

"저번에 주문한 그 팔레트 좀 받아가려고요."

팔레트를 가지러 가게 안으로 들어간 주인장을 기다리며 둘은 화방 문간에 기대어 서서 손장난이나 주고받았다. 툭툭 부딪치는 손길에 손가락이 점점 빨개져 올 때쯤 주안이 승아의 손을 덥석 잡았다.

"승아야"
"네."
"나 조선에 좀 가 봐야 할 것 같아."

순식간에 확 가라앉은 분위기에, 금세 팔레트를 가져온 주인이 차마 주안에게 그것을 내밀지 못하고 머뭇거렸다. 허무한 듯 웃음을 지은 승아가 이내 체념했다는 듯한 표정을 짓고는 주인장에게서 팔레트를 받아 깜깜한 밤길을 걸어 나갔다.

"늦을 거 같나요?"
"빨리 올게."

제 뒤를 천천히 따라오는 주안을 그림자로 슬쩍 확인한 승아가 걸음을 멈추고는 물었다. 빨리 오겠다는 그 말을 내뱉으며 지금도 어떤 표정을 하고 있을지가 머릿속에 너무 생생하게도 잘 그려져서, 승아는 말없이 고개를 들어 하늘을 바라보았다.

"매번 이렇게 왜 가는 거예요?"
"전시회 때문에."
"동경에서도 충분히 할 수 있잖아."
"……"

"믿을게요. 그러니까, 빨리 와요. 나 지치기 전에."

하늘을 바라보던 눈빛을 거두고는 뒤를 돌아 저를 바라보는 승아에 주안이 그녀를 따뜻하게 감싸 안았다. 지금은 미안하다는 사과도, 불확실한 미래에 대한 기약도, 그 어떤 것도 할 수가 없어서 주안은 말없이 승아를 제 품 속에 더 가뒀다.

"지쳐도, 지쳐도 괜찮아. 내가 안 지칠게."

그 바로 다음 날, 주안은 또 홀연히 사라졌다. 주인이 나간 집은 주인의 절친한 벗인 동우가 지키기로 한 것인지 동우가 주안의 빈자리를 채우고 있었다. 승아는 여느 때처럼, 그러나 전과는 달리 이제는 동우가 함께 있는 제 옆집에서 그가 정말 주안의 집만 지키려 이곳에 있는 것인지를 생각해 보고는 했다.

"잘, 지내고 있대요?"

동우가 승아를 바라보았다. 울음을 달고 살아, 눈이 통통 부어도 아무 일 없다는 듯 짐짓 시치미를 떼는 이 아이가 퍽 가여워 보였지만 자신에게는 이 아이를 도와줄 아무런 방법이 없기에 동우는 곧 승아를 바라보던 눈에서 가여움을 지워냈다.

"어떻게 연락 한 번이 없어요, 그 사람은."

"……."

"오빠는 들었을 거잖아, 그 사람 소식."

"……."

"말을 좀 해 줘. 나한테도!"

동우의 옷깃을 붙잡으며 소리를 지른 승아의 눈에서 눈물이 툭 하고 떨어졌다.

"너 울게 하지 말란 말만 명령조로 듣고 여기 있는 건데, 네가 울면 난 주안이한테 무슨 말을 해야 하니."

"더 이상 가지 말라는 말, 그 말만 해요. 그럼 이럴 일 없어."

동우의 옷깃을 붙잡고 있던 손길이 허공으로 떨어졌다. 나도 좀 그 사람 없이 잘 살아보고 싶었는데, 나는 그게 잘 안 되더라고요. 이게 아픈 거야 난. 나 없이 그 사람은 잘 사는데, 나는 그 사람 없이 못 살아. 무릎을 모아 다리를 감싼 승아가 그 사이에 제 얼굴을 파묻고는 끅끅 울어댔다. 차마 달랠 수 없는 울음을 지켜보던 동우가 규칙적으로 승아의 등을 두드리며 그 울음에 답해 줄 뿐이었다.

"국밥 먹으러 갈래요?"

"어 그래, 가자."

벌써 일주일 동안이나 점심으로 국밥만 먹고 있다. 질리지도 않는지 점심때만 되면 항상 저 어투에 저 대사로 제게 국밥을 먹으러 가자며 말을 건네는 승아를 오늘도 어쩔 수 없이 따라나선다.

"질리지도 않니 넌."

그 말에 한 숟갈을 떼려던 승아가 킥킥 웃는다. 주안이 오빠도 맨
날 그 말 했는데.

"아 또 주안 오빠 생각나잖아요."

"넌 내가 별 말 안 해도 주안이 생각은 났을걸."

인정한다는 듯 고개를 몇 번 끄덕이고는 다시 국밥을 먹는 승아
에 동우가 깍두기와 함께 국밥을 꾸역꾸역 입에 넣었다.

"어, 승아야."

"이젠 오빠도 가요?"

설움이 뒤섞인 화가 승아의 얼굴에 드리워졌다. 이래서 좀 더 빨
리 준비했어야 하는 건데. 동우가 시계를 고쳐 매다 말고 난처한 표
정으로 승아를 바라보았다.

"이제 나 혼자 있으라는 거네?"

"승아야."

"가요. 오빠."

"……."

"고마웠어."

저 등 뒤에서는 또 눈물이 한가득 고인 눈을 연신 깜빡이고 있을
거란 걸 승아와 이주를 같이 보낸 동우가 모를 리 없었다.

"나 가고 주안이가 오는 거야. 승아야."

"······."

"다녀올게."

자신이 타야 할 배의 표를 한 번 확인하고는 동우가 빠르지도, 느리지도 않은 발걸음으로 집을 벗어나갔다.

"하······."

이제 정말 승아 혼자였다. 바쁘게 살면 생각도 나지 않을까 싶어 방학인데도 열심히 공부했다. 이제는 제법 일본인 같아진 제 발음에 승아는 동경 여기저기를 누비고 다녔다.

뱃고동 소리, 상인들의 너털웃음 소리, 갈매기 우는 소리. 그 소리를 타고 저 바다 멀리서부터 불어오는 바람은 제법 날쌨지만, 따스했다.

동우까지 떠나 버리고 혼자 남게 된 승아는 가끔 항구에 들러 먼 바다를 공허하게 바라보곤 했다. 바다가 밤을 삼켜 버리려고 할 즈음 승아는 자리를 툭툭 털고 일어나 주안의 집으로 향했다. 팔레트에 짜 놓은 물감을 다시 확인하면서 주안을 한참 기다리다가 다시 제 집으로 돌아가 문을 걸어 잠그고 눈물이 나올 것 같은 눈만 벅벅 비벼댔다.

항구에 가까이 다가가지 않고 바다가 바로 보이는 작은 동산에 앉아 저 멀리서 들어오는 배를 한참 동안 보고 있으면 제가 동경에 첫 발을 디딜 때가 다시금 생각나곤 했다. 그것을 시작으로 파노라마처럼 하나둘씩 떠올랐다 사라지는 기억들을 되새기고 있자면, 가끔은 그렇게 슬프지도 않았다.

그래도 빨리 오길 바랐다. 슬프지 않은 것과 보고 싶은 건 다르니까. 왜 이렇게 늦게 와. 차라리 뭐 맛있는 거라도 사오는 거라면 좀 이해하겠다. 연이어 들어오는 배를 바라보며 승아가 저만 들릴 목소리로 혼잣말을 해댔다.

땅거미가 질 즈음, 승아가 무겁게 몸을 옮겨 주안의 집에 다다랐다. 여느 날처럼 공상에 잠겨 허공만을 응시하고 있을 때, 갑자기 똑똑 하는 소리가 들려왔다.

"계세요?"

틀림없이 승아와 주안이 거처하는 주택 주인의 목소리였다. 집세 낼 때를 제외하고는 만난 적이 잘 없었는데. 아, 설마.

"어머, 사자레 양이 여기는 웬일로."

"아, 미유키상이 잠깐 집을 비운다기에 제가 당분간 좀 관리해 주기로 했어요."

"아, 미유키상이 그러던가요?"

주인이 약간은 난처한 것 같은 낯빛으로 고개를 한 번 까딱하고는 제 손에 들린 종이로 시선을 옮겼다. 손 때가 많이 묻은 듯한 그 종이는 이번 달에 그녀가 거둬들인 집세를 확인하는 확인서 같았다.

"그이가 아직 집세를 안 냈나요?"

"네, 지난번에도 기한을 놓치더니, 이번엔 아주 나갈 심산이구나 생각하고 이렇게 찾아온 거였는데."

주인이 귀찮게 되었다는 양, 턱 주변을 긁적이며 펜으로 종이에 무엇인가를 써넣었다. 점점 더 어두워져가는 주인의 낯빛에 괜히 승아의 마음이 조급해졌다.

"올 거예요. 그 사람."

"오게 된다 해도 기한을 항상 놓쳐 내거나, 이번처럼 이렇게 휙 사라져 버리기나 하니까. 이제는 이 집을 안 내놓을래야 그럴 수가 없어요."

"그럼 제가 대신 낼게요. 잠깐 여기서 기다리고 계셔 주세요."

말을 남기고는 서둘러 제 집으로 들어가 버리는 승아에 주인이 팔짱을 끼고는 자신 앞에 놓인 굳게 닫힌 문만 바라보았다. 실내화가 슥슥 끌리는 소리가 점점 가까워지더니 이내 문이 열리자 하얀 봉투를 손에 든 승아가 나왔다.

"여기요."

한숨을 내쉬고는 어쩔 수 없다는 듯 봉투를 받아든 주인이 봉투 입구를 살짝 열어 안에 든 액수를 확인했다.

"원래 좀 더 받아야 하는데, 이 집에 직접 사는 사람이 내는 것도 아니고, 이웃이 내는 거니까 이 정도로만 받을게요."

저 꼴 보기 싫은 태도는 그렇게나 많이 봐왔는데도 전혀 익숙해 지지가 않는다. 그래도 지금 이 관계는 자신이 을인 관계이니까. 승아는 발개진 제 얼굴을 숙여 연신 인사를 해댔다. 그런 승아를 힐긋 바라보던 여인의 눈빛이 갑자기 변하더니 입가에 알 수 없는 미소 를 싱긋 띠었다.

"근데, 이 사람은 어디를 간 거야?"
"네?"
"아니, 집세도 내 줄 사이면 어디를 갔는지도 알 거 아니에요."
"저, 저도 잘 몰라요. 그건."

자신을 쳐다보는 그 눈빛이 너무 께름칙해서 승아는 고개를 약간 옆으로 돌리고는 손으로 자신의 팔만 연신 쓸어댔다. 승아가 자신에 게 말해 줄 마음이 없다는 걸 알아챈 주인이 싱겁다는 듯,

"그래?" 하고는 계단을 향해 걸어갔다. 시끄럽게 쿵쾅거리며 계 단을 내려가는 주인의 뒷모습을 승아가 한참동안이나 바라보았다.

"진짜 어디 갔어요? 당신. 난 배 타고 사흘 걸려 이곳에 도착했는 데. 벌써 한 달이 지났잖아."

내가 당신 위해서 집세까지 대신 내줬어요. 이러면 좀 빨리 와 줘야 하는 거 아닌가. 지쳐도 괜찮다 했는데, 지치지가 않아. 차라리 지쳤으면 좋겠다.

주안을 생각하며 그렇게 한 마디씩 쓴 편지지가 벌써 제 옆에 두툼하게 쌓여 탁자의 한 부분을 가득 차지하고 있었다. 쌓인 종이들을 위에서 한 번 꾹 눌러본 승아가 몇 번 더 종이를 두드리더니 털썩하고 책상 위로 엎어졌다. 언제 오나.

화장실에서 들려오는 물소리를 들으며 승아가 주안의 집 소파에 아무렇게나 앉았다. 이를 닦는 소리. 면도 하는 소리.
주안은 사흘 전에 집으로 다시 돌아왔다.

"어, 승아 왔구나."
"네."
"그 가방 안에 수건 좀 갖다 줄래?"

샤워를 마친 후가 아니어서 큰 타월보다는 작은 수건이 나을 것 같았다. 수건을 건네주자 얼굴에 묻은 물기를 닦아내는 주안을 보며 승아가 입을 열었다.

"아주 온 게 아니구나."

그 말에 주안이 얼굴을 닦던 손을 멈추고 승아를 바라보았다. 사흘이나 지났는데도 아직 짐을 풀지 않은 걸 보면, 곧 다시 떠나는 게 확실해 보였다. 무슨 말이라도 좀 해 봐. 이렇게 침묵하면 또 내가 너무 아파지잖아. 승아가 인상을 찌푸리며 고개를 비스듬히 돌렸다. 이런 시간들도 아까워해야 하는 건가. 정말 가기 전에 그냥 추억만 많이 쌓아놓아야 되는 건가. 손을 허리에 짚은 승아가 주안을 올려보았다.

"이번엔 언제 가요 그럼."

"……."

"아니, 그러면 언제 와요."

"이제 가면 다시 못 볼 거야."

"……."

"너도 알고 있었잖아."

"그거, 진짜 나쁜 거 알아요?"

주안은 그냥 입을 다물었다. 더 이상 해 줄 말이 없었다.

"나도, 나도 이래야 하는 내가 너무 싫은데 승아야. 우린 이럴 수밖에 없어."

아픈 눈이 승아의 가슴 속을 무참히 찔러댔다.

그때 끔찍한 총성이 도시를 휘감았다. 반사적으로 제 귀를 막은 승아가 다리에 힘이 풀려 스륵 하고 주저앉아 버렸다. 꺄악- 소름끼

치는 비명 소리가 총성의 여운과 함께 승아의 귓가를 때렸다. 총성 소리를 자주 접하지 못해 봤던 승아보다도 더 사색이 된 얼굴로 바깥쪽을 바라보는 주안에, 승아가 다급하게 물었다.

"저것도 오빠 짓이에요?"
"이렇게 빨리 예정되어 있진 않았는데."

일이 틀어진 것 같았다. 주안이 베란다 쪽으로 성큼성큼 걸어가더니 난잡해진 거리를 유심히 살폈다.
"지금 가 봐야겠다."
"뭐라고요?"
"빨리 다시 올 거야."
"죽고 싶어요?"
"……."
"죽고 싶어서 환장했어? 거기 나가면 당신 죽는 게 뻔한 거 몰라?"
"가야하잖아."
"뭐라고?"
"한승아, 우리 조선인이야."

스륵, 하고 승아가 잡고 있던 주안의 팔이 허공에 떨어졌다. 당신은 죽는 게 안 무섭구나. 나는 당신 때문에 내가 죽는 것도 무서운데. 당신은 그게 아니구나.
다 쓰러져 가는 나라, 조국이라고 계속 붙잡는 거, 그것도 이젠 그만할 줄 알아야지. 승아의 눈에서 눈물이 툭 떨어졌다.

"그럼 그냥 가요."

"······."

"내가 말려도 언젠간 갈 거잖아, 당신."

체념한 듯 축 처진 몸으로 말을 내뱉는 승아를 주안이 애처롭게 쳐다보았다. 이번엔 주안이 승아의 손을 잡았다. 잡은 서로의 손이 마치 마지막 악수를 나누는 듯했다.

"갔다 올게."

"······."

"그때처럼 잘 기다리고 있기만 하면 돼."

힘을 실어 한 번 꼭 쥔 손이 이내 떨어졌다. 문 밖으로 황급히 뛰쳐나가서는 서둘러 계단을 내려가는 소리를 들으며 승아는 그 자리에서 옴짝달싹을 못하고 한동안 문만 뚫어져라 쳐다보았다. 잘, 못 기다릴 것 같은데. 그때도 못했는데. 보고 싶어서 죽을 것 같다고 생각하면서 내가 얼마나 당신을 기다렸는데, 잘 기다렸다니.

그러고는 엉엉 울어 버릴 참이었는데, 연이어 들려오는 또 한 번의 총성에 승아가 베란다 밖으로 뛰쳐나가 거리의 상황을 살폈다. 총성 소리에 몸을 한 번 웅크렸다가 다시 사람들 사이를 비집고 나가는 주안이 너무도 제 눈에 잘 띄었다.

눈물을 스윽 닦아내고는 자신도 어서 나갈 채비를 했다. 저번처럼 또 밀려드는 환자에 손이 모자라 발만 동동 구르고 있지도 못하고 다급하게 추가 인력을 구하고 있을 것이 뻔했다.

거리에 나오니 사람들이 모두 총성이 난 곳과 반대쪽으로 물밀듯이 이동하고 있었다. 제가 걷고 있는 방향과 일제히 다르게 움직이는 사람들의 틈을 겨우 빠져나간 승아가 서둘러 병원 쪽으로 걸음을 옮겼다.

"승아야, 환자가 너무 많아. 진료는 하지 말고 그냥 받기만 받아줘."

다급한 목소리가 저를 불렀다. 병원 문 앞에서부터 몰려오는 역한 냄새에 승아가 미간을 찌푸리며 침을 애써 한 번 삼켰다.

지혈이 시급한 환자에게 붕대를 감고, 여러 소독약품을 급하게 가져오느라 이리저리 뛰다보니 어느 순간 다리에 힘이 탁 풀려 버렸다.

그제서야 주위의 소리들이 조금씩 들리기 시작했다. 소독약품을 들이붓는 의사의 손길을 뿌리치며 악을 쓰며 우는 소리, 제 아이를 살려 달라며 지나가는 간호사를 붙잡고는 우는 소리, 컥컥 숨을 제대로 쉬지도 못하며 애처롭게 제가 누운 침대만 내리치는 소리들이 들끓는 이곳이 바로 지옥 같았다.

점점 어지러워져 가는 정신에 귀를 막고는 무릎을 꿇어 눈을 감으려 하던 찰나, 쾅 소리가 나게 열린 병원 문 사이로 한 남성이 피칠갑이 된 남자를 업고 뛰어들어왔다.

눈을 비볐다. 언제부터 흘린 것인지 모를 눈물을 대충 닦아내고는 다시 한번 제 앞의 인물을 바라보았다. 자신이 보는 게 너무

헛것 같아서 눈을 감고 눈알만 도도독 굴렸다가 뜨기도 했다. 그렇게 몇 번을 반복했는데도 너무나 익숙한 모습에 다시 눈물이 나올 것만 같았다.

"승아야!"
"……."
"주안이 좀 어떻게 해줘 봐봐!"

휘청거리며 뛰어가는 승아가 너무도 위태로워 보였다.

"내가 이럴 줄 알았어. 그러니까 내가 가지 말라고 했잖아요!"

악에 받친 승아의 목소리가 위태롭게 떨렸다. 두 눈이 벌게진 채로 피가 철철 흐르는 주안의 몸뚱아리를 잡은 손이 점점 붉은 색으로 물들어져 갔다. 아릿한 고통이 주안의 몸을 스쳐 지나갔다.

"미안. 정말 미안."

어디서 피가 흘러나오고 있는지 분간이 잘 되지 않을 정도로 피칠갑이 된 주안을 승아가 있는 힘껏 끌어안았다. 승아의 눈에서 눈물이 후두둑 떨어졌다. 떠나지 않겠다며. 그거 다 거짓말이었던 거네? 나한테는 진실만 고할 거라며. 거짓말, 나쁜 사람.

"이제 나 당신 없이는 못 살 것 같은데, 당신이 이렇게 만들어 놓고선 무책임하게 가 버리면 어떡해요 난."

"승아야."

"말하지 마요!"

말을 할 때마다 입 밖으로 새어나오는 주안의 피를 보고 있자니 정말 미쳐버릴 것 같았다. 말하지 말라고…… 제발. 눈물을 쏟아내며 애처롭게 자신을 바라보는 승아에, 주안이 힘겹게 말을 내뱉었다.

"나도, 나도 사실 죽는 게 좀 무서워. 이제 다시는 이 얼굴을 못 보겠지. 너도 날 못 보고 나도 널 보지 못하겠지. 내가 네게 다시 사랑이라는 감정을 느낄 수 있을까. 나는 솔직히 너무 무서워. 나는 너와 그저 사랑만 하고 싶었는데……."

콜록거리며 피를 토해내다 점점 고르게 숨을 쉬는가 싶더니 주안이 숨 쉬는 것을 아예 멈춰 버렸다. 제 딸을 위해서인지, 아비를 위해서인지, 사랑하는 이를 위해서인지 목놓아 울고 있는 사람들의 곁에서 승아도 주안을 위해 엉엉 울었다.

"그냥 이번 생은, 우리가 사랑하는 게 아니었나 봐요.
나는 이렇게 당신을 놔줘야 하는 건가 봐."

"사자레양, 어느새 숙녀가 다 됐네?"

얕게 파인 주름살을 접어 올리며 나이가 약간 든 듯한 여성이 웃어 보인다. 그에, 눈앞이 레이스로 약간 가려진 모자를 쓰고, 주변인들과는 달리 서양식 드레스를 입고는 불편하지도 않은지 굽이 꽤나 높은 구두를 신은 승아가 여성을 향해 천천히 걸어온다.

"어머니!"
"아이고, 우리 승아!"
이게 얼마만이냐, 눈물이 그렁그렁 맺힌 승아의 어미가 승아를 한껏 끌어안았다.

"우선 먼저 쉬어라. 내가 귀찮게 구는 건 나중에 할 테니."
"네."

한 번 더 격하게 끌어안은 두 모녀가 서로를 향해 한 번 웃어 보였다.

같이 왔다면, 그것도 참 재미있었을 텐데 말이죠.

주안이 제 옆에 없을 때마다 쓰던 편지는 끝끝내 수취인에게 닿지 못했다. 그래도, 이리 간절히 적으면 전해지지 않아도 마음이 한결 편안해지곤 했다.

당신에게 부치지 못한 편지들이 이렇게나 많은데.

승아는 하얀 도자기함에 주안의 백골을 넣어왔다. 내지에 묻어두면 또 화를 낼 것 같아서 말이지. 마지막 순간이라도 그렇게 좋아하는 조국의 품에 안겨드려야지.

많이 보고 싶어요. 당신도 날 보고 싶어 하면 좋겠다.

함을 꼭 안고서는 새로 들인 제 어린 몸종과 바다를 찾은 승아가 그동안의 편지를 낭독함과 함께 주안의 뼈를 바다에 흩뿌렸다.

당신이 그토록 원하던 조선의 바다에 이렇게 놓아드립니다.

"아씨, 이것이 무엇입니까?"
"으응? 이거, 사람 재야."
"예?"
"사람이 죽으면 무덤에도 묻지만 이리 소각도 한단다."
"그렇습니까?"
"너도 한 번 뿌려보련?"

오래 추억에 담아두지 말란 말을 잘 지킬 수 있을지는 모르겠으나, 평안히 갔으면 해요.

내가 가장 아플 때, 하필 그때 내가 당신을 좋아해 버려서. 당신을 잊으라는 건 내게 너무 가혹한 일이잖아.

안녕, 잘 가요. 나의 비애여.

백주하

물망초

나를 잊지 말아 주세요

어머니를 그리고 있을 때면 항상 함께 덧그려지는 것이 있었습니다. 이름 모를 풀꽃이라 하여도 좋을 꽃이지만. 색이 푸른색이라 오묘한 빛이 어린 마음에 너무나 신기해 보여 어머니께 이름이 무엇인지 알려달라 졸라대었지요. 아직 어려 말을 잘 못하던 시절인지라 저거, 저거 하며 끙끙거리는 것이 고작이었습니다. 말이 채 되지 못한 소리들이 웅얼웅얼 흘러나와도 어찌 아시었는지 한번도 지나치지 않으시고 빙긋 웃으며 말씀해 주시었죠. 강산이 변한다는 십 년의 세월보다도 더 지났건만 그 목소리는 아직도 머릿속에 생생합니다.

"물망초라고 부른단다. 아가야."

이것은 저의 회고록입니다. 글을 잘 알지 못하여 언문으로만 끄적인, 근사히 보이려 회고록이라는 양반님네 단어를 가져다 썼지만 단어만큼의 수준은 되지 못하는. 조금은 재미없을 이야기. 읽을 사람이 없겠지마는 누군가, 단 한 사람만이라도 있었으면 좋겠다는 마음으로 어설프지만 한 자, 두 자 써내린 것이니 만일 이 글을 읽자 하신다면 첫 읽은 이는 민. 당신이었으면 합니다.

그럼, 여기서부터 시작해 볼까요.

제가 태어나 셋째 돌을 넘기지를 못하고 어머니가 돌아가셨습니다. 뒷골목 사정이 항상 그렇듯 지아비에게 맞은 상처가 덧나 여기저기 누런 고름을 보이시더니 며칠 안 가 구더기 밥으로 신세를 전락하시었지요. 아비란 작자는 제사는커녕 어머니의 시체를 볼 때마다 역겹다는 듯 진저리를 치더니 얼마 지나지 않아 집안에서 조금이라도 돈이 될 만한 것들을 긁어모아 투전판에 살림을 차리었습니다.

제가 고아가 아닌 줄 알게 된 것은, 그러니까 제게도 아비라는 사람이 아직 살아 있다는 것을 알게 된 날은 우습게도 어머니 제삿날이었습니다. 시신을 일찍 수습하지는 못하였지만 우리보다야 살 만한 골목길 어르신들과 서로 없는 살림이지만 돕고 살던 아낙네들 덕에 화장하여 뼛가루만 조그만 단지 안에 넣어두었죠. 한두 푼 하는 것은 아니지만 다른 집 다 사다 쓰는 향 하나. 그것조차 살 돈이 없었는데 제사상이 웬 말인가요.

그래서 매일 먹던 시래기죽 대신 밥 한 그릇 올려놓고 절하고 있었지요. 앉아서 이제는 잘 기억나지도 않는 어머니를 조용히 그리고 있었더니 쾅 하는 소리와 함께 험상궂은 사내들이 밀려들어와 저를 질질 끌고 어디론가 데리고 가더이다. 혹시나 하고 아는 이름들을 목이 터져라 외쳐 봤지만 그날 제가 알던 얼굴은 보이지 않았고, 그곳에서의 삶도 그날이 끝이었으니, 지금 그곳이 어찌 되었는지 궁금치 않다면 허언이겠지만 굳이 가보자하는 마음은 지금까지도 없습니다.

제가 사람을 이리 끌고 가는 법이 어디 있냐며 손을 뿌리치고 노려보았더니 사내들 중 하나가 그러더군요.

네년 아버지라는 작자가 노름판에서 지다 못해 탕진하여 네년을 담보로 거하게 한 판 하셨다. 가문도 못 이을 것 있어 봐야 무엇하겠나. 차라리 팔아넘기는 게 낫겠다 싶어 이리 하였다. 하고 말이죠. 그때 처음 알았습니다. 아, 나에게도 아비가 있었구나. 아직 고아는 아니었구나 하는 것을요. 그것이 제가 아비에 대해 처음 알게 된 것이었습니다. 그리고 지금까지 제 기억 속에 남아 있는 것들의 전부인데다, 그분의 생사도 지금껏 알지 못하고 있으니, 불효녀라 하셔도 아니란 말은 못하겠습니다.

아직 어린 나이였던 제가 처음 알게 된 아버지의 존재에 잠시 굳어 있는 새에 사내들은 저를 끌어다가 배에 태웠습니다. 큰 배도 아니고 강을 건너려는 모양인지 조그맣고 낡아 끼익 날카로운 소리가 들리는 나룻배의 구석에 저를 짐짝 던지듯 태웠습니다. 그러고는 저들 셋이 둘러앉아 한 손에는 밥그릇을 들고 소리를 내며 밥을 먹다, 저를 흘긋 쳐다보기를 반복하더니 얼마 지나지 않아 그들 이야기의 화제가 제가 되어 있더군요.

"고년…… 아비를 안 닮은 것이 다행이네. 그자처럼 추잡스럽게 생긴 박색이면 어쩌나, 하고 걱정했건만 제 어미를 닮은 것 같아 천만다행일세."

"하기사, 저 어린 나이에 저 정도 미색이라니…… 잘하면 꽤나 명기가 되겠어."

명기라, 그러면 나를 기생집에 판다는 것이려나, 하고 조용히 생각해 보고 있었습니다. 기생집이라 하면 생각했던 상황보다 훨씬 다행이었습니다. 안심이라는 단어는 어울리지 않는 상황이지만 사창가에 팔려 가는 것이 아니라 하는 소리를 듣자마자 잔뜩 졸이던 마음이 안정되었던 것을 생각하면 우습기도 하고 슬프기도 하네요. 사창가는 인간이 살 곳이 못 된다 하는 말은 비참하다는 수식어로도 부족했던 뒷골목에서도 귀에 박히도록 듣는 것이었으니, 혹여나 사창가에 팔리면 중간에 도망이라도 하려 하였으나 기생집이라면 도망까지는 생각지 않아도 될 것 같았습니다.

피가 이어지지 않았다 해도 어머니 같은 이가 생길 것이고, 운이 좋으면 찬은 무시하고서라도 하루 두 끼마다 조금이나마 밥도 먹을 수 있을 것이란 생각이 드니, 어찌 보면 제게 크게 나쁜 상황은 아니었을지도 모르겠다고 생각했지요. 잠시지만 잘되었다는 생각도 스쳐 지나갔으니까요. 그때의 세상물정 모르던 저로써는 앞으로 닥칠 일보다 집이라 칭하던 곳에 두고 온 낡디낡아 소리도 제대로 나지 않던 이름 모를 악기가 더 아까웠습니다. 무어, 지금도 마찬가지지만 원체 악기라면 사족을 못 쓰는 저였으니 기생집 근처에만 가도 흘러나오는 노랫가락들에 저도 그리 할 수 있을까 하고 조금이나마 기대한 것은 어린 마음이 낳은 단순함이었죠. 차라리 다행이다, 하고 그리 마음을 놓고 있던 와중에 사내들이 내뱉은 한 문장이 그대로 제 귀에 틀어박혔습니다.

"헌데 말이네…… 어차피 기생질 할 것을…… 조금 이르게 하여도, 무슨 일이야 생기겠는가?"

운을 띄운 한 사내의 말에 다른 자들과 비교하여 이상하다 말할 수 있을 정도로 유난히 수염이 덥수룩한 다른 사내가 잠시 고개를 갸우뚱하더니 옆의 야비한 표정의 사내를 보고는 무슨 말을 한 것인지 이해를 한 듯 고개를 끄덕였습니다.

무엇인가 흠칫하여 그들이 앉아 있는 곳으로 고개를 틀자 소름 끼치게 뒤룩거리며 굴러가는 세 쌍의 눈동자가 제 몸을 위아래로 훑는 것이 서늘한 뱀이 팔 위를 스멀거리고 지나간 듯 온몸에 소름이 오스스 돋아 올랐죠. 방금 전까지 악기 생각만 하며 놓고 있던 긴장이 무색해지는 순간이었습니다.

더 이상 듣지 않아도 뒷내용이나 지금 상황은 충분히 파악할 수 있었습니다. 워낙에 눈치가 빠른 점도 무시할 수야 없겠지만은, 뒷골목에서 살다 보면 밥 먹듯이 듣는 내용이고 받는 눈길인 것을요. 이럴 때만큼은 얼굴마저 흐릿한 어머니가 꽤나 얄미웠습니다. 어린 기억 속에서도 퍽 고우신 얼굴이신데 그런 어머니를 쏙 빼닮았다 하니 좋으면서도 기뻐할 수 없는 현실이었습니다. 기억나는 가장 어린 시절부터 귀에 못이 박힐 정도로 들어오곤 했었지요.

당신께서도 아시겠지만 변변한 보호자 하나 없는, 그러니까 뒷골목의 부모 없는 어린 계집애는 가장 편리한 장난감이었습니다. 다섯이 넘기 전까지야 계집이라 할 것도 없었다마는, 일곱째 생일이 지나고 난 얼마 전부터는 저를 볼 때 본인들이 뱀 마냥 소름 끼치는 눈으로 보는 자들이 조금씩 늘어 갔죠. 특히나 술을 얼마나 마시었는지 불쾌한 얼굴로 제게 삿대질하던 이웃집 동이네 삼촌이 떠오르자 절로 얼굴이 찡그려지며 화들짝 정신이 돌아왔습니다.

여기서 더 있어 봐야 무슨 일을 당할지는 뻔하였습니다. 어린 마음에도 더러운 짓은 당하기 싫었던 지라 다급히 손가락을 움직여 이리저리 팔을 묶은 밧줄을 조금씩 풀어나갔습니다. 아무래도 상처가 나면 상품으로서의 효용 가치가 떨어지니 꽉 죄지 않고 느슨히 묶어

놓은 듯한 밧줄을 생각보다 쉽게 풀어내고 기회를 보아 도망가려던 찰나, 주위를 두리번거리다 좀 전에 보았던 그 야비해 보이던 사내와 눈이 마주쳐버렸습니다. 다급히 손을 등 뒤로 숨겼지만 이미 풀어진 밧줄이 제 발밑에 떨어져 있는 것을 보인 후였으니, 그야말로 도망하던 쥐새끼가 고양이에게 걸린 꼴이었습니다.

"저년 잡아라!"

배를 울리는 큰소리에 다른 사내들이 밥그릇을 내팽개쳐 놓고 제 쪽으로 우르르 몰려왔습니다. 다급히 아무 곳으로나 달렸지만 얼마 가지 못하고 한구석으로 몰려 버리었고, 더 이상 갈 곳이 없자 무작정 뱃머리 위까지 엉금엉금 기어가 보았습니다. 그들이 올라왔다가는 부러질 것 같아서인지, 뱃머리까지 쫓아오지는 않더군요. 하지만 그마저도 사내들 손 안이었습니다. 이런 것을 진퇴양난이라 하던가요. 앞에는 사내들이, 뒤에는 차가운 강물이 버티고 있으니 어찌해야 할지를 몰라 갈팡질팡하기만을 일각이 지나도록 한 것 같습니다.

"ㅎㅎ…… 어린 것이 눈치가 제법이구나."

"눈치가 있으면 무얼 하나, 살 방도조차 없는 것을. 이제 그만 날뛰고 곱게 오지 그러냐? 내 귀여워해 줄 터이니."

"으하하하하하!"

사내들은 점점 제가 서 있을 곳을 옥죄어 왔습니다. 후들거리는 다리 아래서는 삐걱거리는 소리가 들려왔지요. 그때 면경을 보지는 못하였으나 만일 봤다면 얼굴에 밀가루 반죽을 뒤집어쓴 듯 새하얗게 질려 있는 꼬마 아이가 보였을 거라 생각이 드네요. 뱃머리에 아슬아슬하게 서 있는 제게 더 이상 도망갈 곳은 존재하지 않았고 누런 이를 내보인 사내들이 하늘조차 보이지 않을 정도로 제 시야를 메웠습니다. 이 뒤에 무슨 짓을 이들에게 당할지 상상해 버린 저는 순간 헉, 하고 헛숨을 들이켬과 동시에 균형을 잃어 버렸고, 그대로 강을 향해 꺼꾸러졌습니다.

떨어지는 순간 철썩하는 소리가 잠시 귓가에 머물렀다 웅웅거리는 소리로 바뀌어 갔습니다. 사내들의 욕지거리도 흐릿하게나마 들렸던 것 같네요. 시야가 뿌옇게 변해 갈 때쯤에 어머니를 보고 싶다는 생각이 의식과 함께 흩어져 갔습니다.

"꼬맹이, 정신이 들어?"

제가 다시 눈을 뜨고 가장 처음 마주한 것은 기대했던 어머니의 모습도, 마음 한편에서 예상하고 있던 사후 세계도 아닌 처음 보는 두 쌍의 검은빛을 띠는 눈동자였습니다. 점차 맑아지는 시야에 조금 어지러웠지만 제게 말을 건 눈동자의 주인을 찬찬히 살펴보니, 옷소매가 살짝 젖었음에도 신분을 알려주기에 충분한 사규삼 —결혼하지 않은 남자 어린이가 두루마기 위에 입던 옷— 자락의 화려한 금박

무늬, 마찬가지로 금박 형상이 박힌 길다란 비단 호건으로 보아 저를 살려준 것 같은 이 사내애는 꽤나 잘 사는 집 자식이거나 상상하기 힘든 높은 신분의 자식일 것이라 생각하였습니다. 전자이던, 후자이던 저로서는 이야기로만 듣고 생전 처음 본 옷차림이었고, 이럴 때마다 뒷골목 어르신들이 어떻게 하시었는지가 떠오른 저는 반사적으로 물이 후둑둑 떨어지는 머리를 그의 발밑에 조아렸습니다.

"사…… 살려주…… 크헥!…… 세요……"

물을 도대체 몇 바가지나 마셨는지 제대로 나오지도 않는 말에 몇 번이고 기침하며 물을 토해내고 나서야 사람이 알아들을 말을 내뱉을 수 있었습니다. 조아린 상태에서 눈치를 보고 있자니 이 사람의 보호자인지, 시종일지 모르겠는 사람은 저를 마음에 들어 하지 않는 듯했습니다. 저를 못마땅한 눈으로 흘겨보는데다, 빨리 이 자리를 피하고 싶다는 듯 남자아이를 조급하게 쳐다보는 것에서 깨달았죠. 그러니 제가 살아남을 길이라고는 제 앞에 서 있는 사람의 마음에 어떻게든 들어 저를 쫓는 사내들의 손아귀에서 벗어나는 것뿐이었습니다. 호랑이도 제 말 하면 온다던가요, 이리 생각하자마자 저를 찾는 소리가 저 먼 곳에서 들려왔습니다.

원체 먼 곳이라 무어라 하는지는 잘 들리지 않고 웅웅거리는 소리들만이 들렸습니다. 하나 지금 소리를 치는 자들이 저를 찾는 것 하나만은 확실했던지라 저와 나이차가 크게 나 보이지도 않던 그 사내애에게 머리를 숙이고 간절히 빌었습니다. 자존심 같은 것은 있던 적도 없었던데다. 천한 신분의 저로서는 당연한 일이었죠. 지금의 당신이 보셨다면 화를 내셨을 수도 있겠네요.

무어라 빌었는지는 기억에 깊게 남아 있지 않습니다. 물에서 빠져나온 지 얼마 되지 않아 그러한지, 아니면 단순히 나이가 들어 잊은지는 모르겠지만 여차하면 차라리 다시 강에 빠질 생각으로 빌고 또 빌었다는 것만이 기억에 남습니다. 지성이면 감천이라 하였나요, 그 사내애는 흙탕물로 폭 젖은데다 물속을 떠다니던 더러운 찌꺼기들이 덕지덕지 묻어 있는 제 팔을 잡아 일으키며 말해 주었습니다.

"그래, 내 너를 살려줄 터이니, 나를 돕는 사람, 나의 사람이 되어다오. 나는 최가 민이라 한다."

그리 말하며 웃는 얼굴이 얼마나 아름답던지, 감사하던지. 옆에서 어찌 이리 천한 자에게 이름을 알려주시느냐며 그의 시종이 말리는 것에도 저는 바보처럼 입가에 멍하니 미소를 달고 있었다 하셨지요. 저와 세 살 차이 나는 열 살의 사내애가 했다고는 생각조차 하기 힘든 그 위엄 있는 말은 무슨 일인지 불안하게 뛰어가던 제 심장을 찬찬히 어루만져 주었습니다.

그때 당신이 제게 희망을 쥐어 주시었습니다. 험악한 사내들에게 잡히어 가고, 강에 떨어질 때 손아귀에서 풀어 주었던 그것, 희망이란 간악하고도 가지고 싶은 것을 훨훨 날려 보냈을 때 다시 잡아 와 손에 꼭 쥐어 주시고 살아갈 길을, 나아갈 길을 만들어 주신 게 민, 당신이었습니다.

그 이후로는 어째서인지 잠시간은 기억이 흐릿합니다. 아무래도 시간이 많이 지난 것이 한 몫 했겠지요. 주인어른이 어디서 근본 없는 계집아이를 데리고 왔느냐 호령하시어도 끝까지 저를 내치시지 않은 당신이셨죠. 그에 감사하게도 저는 당신의 직속 시종이 되었습니다.

아침에 새벽 첫닭이 울면 당신에게 세숫물을 떠다 드리었고, 식사 시간에는 당신이 드실 밥과 국, 찬을 담은 상을 날랐으며, 당신이 어쩌다 심심하다 하시면 당신이 해 주시는 이야기를 듣고 제 이야기를 조금씩 하는 말동무가 되었지요. 당신이 열에 하나를 틀려 엄한 선생님께 울며 종아리를 맞을 때, 주인어른께 꾸지람을 들을 때면 저까지 함께 울다 밤늦게 주인어른의 시선을 피해 멍들고 터진 종아리에 고약을 발라 주고, 어설픈 말솜씨로 당신을 나름대로 열심히 달래 주는 사람이 되었습니다.

그것뿐이었습니까, 당신과 늦은 밤에 소리 죽여 조용히 이야기를 할 때 당신께서 물으셨지요.

"그건 그렇다 하고, 네 이름은 무어더냐? 너와 함께한 지도 보름을 넘겼건만 아직 이름을 묻지 않았던데."

그 말에 순간 머리가 새하얗게 변했습니다. 양반 댁 아기씨들이야 이름 가지시는 분들이 흔치 않다지만 저 같은 천한 아이에게 그럴 것이 있겠습니까. 고작해야 애야, 야, 이 녀석아, 이런 것이 저를 부르는 호칭이었사온데 제게 이름이랄 것이 있을 리가요. 그렇다고 곧이곧대로 없다 하기에는 부끄러웠는지라, 어찌해야 할지 모르는 저는 당신께서 한 번씩 읊으시던 한자 중 기억에 남는 것을 대었습니다. 흘러내리듯 귓가를 부드럽게 맴돌던 글자. 가끔씩 들을 때면 입가가 늘어지던 바드라운 단어였죠.

"오…… 연이라 합니다!"

이제는 더 이상 묻지 않으시겠지. 하고 거짓말이 들킬까 깊어 마음을 졸이는데 당신께서는 종이를 끌어와 전에 쓰다 남은 조그만 붓에 먹물을 묻혀 종이 귀퉁이에 몇 자를 써내리시었습니다. 무엇인가 하고 들키지 않게 길게 고개를 빼어 구경하고 있을 때, 당신이 고개를 확 치켜드시어 순간 심장이 철렁했습니다. 혹여 혼이라도 날까 싶어 두 눈을 꽉 감고 조금은 떨고 있자 당신이 웃으시면서 제게 아무 한자나 하나 골라 보라 하시었습니다. 천천히 먹으로 쓰인 한자를 들여다보고 있자니 유난히 눈에 띄는 것이 있어 그것을 손가락으로 짚었지요. 당신께서 웃으시더군요.

"그리워할 연(戀)이라, 음은 흔할지 몰라도 사람이 흔한 사람이 아니니, 잘 어울리네."

그때서야 당신이 제게 하신 일을 깨달았습니다. 지금 생각해 보면 제 이름이 연이라는 것이 거짓말이라는 것을 알고 계셨을지도 모르겠네요. 저 같은 처지의 아이가 가지기에는 하늘의 별을 따는 일과 비견될 정도로 힘든 언문이 아닌 한문 이름. 그럼에도 제게 한문 이름을 지어주신 것이 당신이신만큼, 제가 당신을 마음에 아니 품을 수 있겠습니까.

이뿐이 아닙니다. 제가 당신의 시종이 되고 난 지 몇 해 지나지도 아니하여 당신의 친모가 돌아가시었을 때. 그분이 정실이 아닌 첩실이라 집안 사람 모두 정실부인인 주인마님의 눈치를 보며 슬퍼하는 시늉만 하고 있었지요. 제 부모님도 아니신 분이지만 그 선하신 성품을 제가 모르는 것도 아닌지라, 괜스레 제가 더 울고만 싶었지만 남들 앞이라 눈물 한 방울 흘리지 못한 당신에 한낱 시종인 제가 우는 것도 이상한지라 입술을 깨물고 울음을 참고 있었습니다.

제가 끝날 때까지 당신께서 끝내 눈물 한 방울마저도 흘리지 않으시면서도 얼굴은 당장이라도 오열하실 것 같아 더 마음이 쓰여 어찌할까 하고 저녁에 당신의 방을 조용히 찾았지 않았습니까. 당신을 위로해 드리겠다며 참으로 호기롭게 당신을 찾았지만, 위로를 해드리기는커녕 되려 걱정시켜 미안하다고, 너야말로 표정이 좋지가 않던데 괜찮으냐고 위로받았었지요.

그때 당신도, 저도 참 섧게 울다 눈물이 멎을 때쯤 서로를 바라보니 탱탱 부어오른 눈과 발갛게 익은 볼에 서로 울다 말고 숨죽여 웃지 않았습니까. 그 기억이 이리 즐거우며 또 허망합니다.

당신이 제게 이렇게 잘해 주셔서일까요, 저는 주제넘게도 당신의 하나하나를 좋아하게 되었습니다. 당신과 만난 후 여덟 해가 지나고 당신이 어느새 열여덟이 되시고, 제가 열다섯이 되었을 때 당신의 키는 육 척(약 181cm)에 다다랐습니다. 그리하여 그림자만 보아서는 대장군 같아 보여도 다른 아이들에게는 한 번도 보여 주지 않으시고 제게만 한 번씩 보여 주시는 표정은 [1]교아와 같아 사랑스러웠고, 고운 선을 지닌 말간 얼굴을 마음에 담았으며, 연아, 하고 부르실 때의 묵직하고 부드러운 음성을 좋아하게 되었습니다.

사내라면 교양으로 악기 하나는 할 줄 알아야 한다는 주인어른의 말에 즐기시지는 않지만 그저 배우라 하시던 말을 따라 연주하시던 단소를 어깨너머로 보았습니다. 소리가 너무도 맑고 곱기에 흉내라도 내 볼까 싶어 조잡하지만 그럭저럭 비슷하게 만든 피리를 부는 저를 보고 소리가 좋다고, 재능이 있다고 말씀하시며 하하 하고 웃으시던 소리가 좋았습니다.

겨울철 얼음물에 빨래하고 오면 손이 부르터 갈라지는 것은 당연지사였지요. 매 겨울마다 항상 있는 일이건만 당신은 한 해도 빠

1) 교아(嬌兒). 귀여운 남자아이라는 뜻.

짐없이 여자아이 손이 이게 무어냐고 쓰게 웃으시곤 하셨습니다. 그러시고는 다음부터는 몸 좀 귀이 여기라고 꾸중하시며 머리를 톡 치셨지요. 그 매운 손에 제가 얼굴을 찡그릴 때면 그렇게 조심 좀 하라며 퉁명스레 말하시고는 손이 부르튼 곳에 귀한 약을 발라 주시었습니다. 그럴 때마다 느껴지는 당신 손가락에 단단히 남아 있는 붓의 굳은살이 좋아진지라, 종래에는 그런 당신을 좋아하게 되었습니다.

그리 마음을 조금씩 키워가던 도중에 일이 터지었습니다. 그냥 서자도 아니고 기생의 아들인 당신을 적자로 옮기기에는 아무래도 힘들었고, 주인마님께서 후사를 보시기에는 이제 나이가 많으신지라 주인어른이 먼 친척가에서 정이라는 사내를 입양하신 것입니다. 나이도 당신과 같은 열여덟이시었죠. 사람들은 연줄을 어디에 댈까, 하고 머리를 굴리기 바빴습니다. 시간의 차이는 조금씩 있었지마는, 결과는 비슷했던 모양이더이다. 하기사 그럴 수밖에 없었겠지요. 장자야 아니지마는 적자의 자리에 앉은데다가 조금이지만 학문적으로 더 뛰어난 자라 하였으니까요. 결국 당신께 찾아오던 사람들과 혼사는 모두 그에게로 방향을 바꾸었습니다.

아첨하는 소리더라도 작은 마님께서 돌아가시고 나서는 조금이나마 활력을 넣어 주었던 판국에 사람 소리는커녕 쥐새끼도 들락거리지 않아 조용한 당신의 방은 시종들조차 성실히 찾지 아니하였습니다. 마치 사람이라고는 살고 있지 않은, 어딘가 허망한 기분이 드는 곳이 되었지요. 심지어 당신께서 주인어른이나 친척 어르신들께 받던 값비싼 의복과 침구와 같은 것들까지 전부 정이라는 사내에게 가 버리고야 말았습니다. 그렇다 하여 당신께 질이 나쁜 것들만 오는 것들도 아니 오니, 어디에 화를 풀 수도 없고 울화통만 터져 갔습니다.

당신 것을 전부 가져간 정이라는 자가 성품이 악하기라도 하면 원망이라도 하겠건만은, 그리 나쁜 분도 아니고 당신과 사이가 많이 소원한 것도 아니기에 한낱 하녀인 제가 무어라 입을 대겠습니까. 심지어 천한 신분인 저까지 오며 가며 슬쩍 챙겨 주시는데, 거기에 입이라도 대었다가는 제가 고마움도 모르는 파렴치한이 되겠지요. 그를 이유로 저를 탐탁지 아니하시는 주인어른에 쫓겨날지도 모르니 함부로 나설 수도 없고 그저 이를 어쩌하나 발만 동동 구르고 있었습니다. 할 수 있는 거라고는 부엌에 몰래 들어가 잡다한 주전부리 몇 가지 챙겨 밤늦게까지 공부하시는 당신의 방문 앞에 두고 오는 것이 전부였지요.

그가 들어오고 다섯 달 뒤쯤, 그러니 해가 바뀌기 두 달 전에 당신은 갑작스레 집을 나가겠다 하시었습니다. 당신의 갑작스러운 말에 하루에 두 번 뵙기도 힘드신 주인마님까지 저를 부르시더니 무슨 일이냐며 물으시었습니다. 하나 제가 아는 것이 있어야 거짓을 고하던, 진실을 고하던 할 것이 아니겠습니까. 저도 당신의 속내를 감히 짐작치 못한지라 소인도 모르겠다며 주인마님께 고개 숙여 말씀드리는 것이 제가 할 수 있는 전부였습니다.

아무리 당신이 서자라고 한들 귀한 장남이시고, 가문의 체면을 중시하시는 주인어른이 혼인하지도 않은 아들을 밖으로 보내실 리가 없었습니다. 그런 주인어른에 당신은 정이도 공부해야 할 것인데 당신이 머물다가 방해라도 되어서는 아니 되니 시종 몇과 조용히 산기슭에 집 하나 얻어 살겠다 하시었습니다. 그 소리에 주인어른이 불호령을 내리셨지만은 당신은 꿋꿋하셨지요. 대과(大科) 시험이 얼마 남지 않았다는 것이 그 이유가 되었습니다. 조용한 곳에서 남은 넉 달 동안 공부에 전념하다 시험에 응시하겠다는 말에 크게 반대할 구석을 찾지 못한 주인어른은 알겠다며 남자 하인을 몇 붙여 주시었습니다.

그때 당신께서 저를 챙겨가겠다 하신 말이 얼마나 반가웠는지, 감사하였는지. 주인어른 내외께서는 탐탁지 않아하셨지만 당신께서 저를 데리고 오신 후부터 제 노비 문서는 당신이 주인인 것으로 되어 있었으니 반대하실 구석이 없었지요. 강경한 당신에 끝에는 결국 허락해 주시었습니다.

우리가 떠나는 날은 참으로 조촐하였습니다. 서자라 하여도 어엿한 장남이건만 나와 있는 사람이라고는 정이 도련님과 저와 친하게 지내던 순이가 전부였죠. 주인어른이야 워낙에 체면을 중시하신 분이니 그렇다손 치더라도 주인마님이 나오시지 않은 것은 뜻밖의 일이었습니다. 당신의 어머니와 빈말로라도 결코 좋은 사이라 할 수는 없었지만 그리 나쁜 사이라 하기에도 애매하기에 남의 눈을 의식해서라도 얼굴이라도 비추실 줄 알았건만 코빼기도 보이질 않았습니다.

순이도 주인마님께서 부르시는 소리에 얼마 있지 못하고 제 손을 한 번 꼭 잡고는 황급히 달려갔지요. 정이 도련님만이 마지막까지 잘 가라며 전송해 주시었습니다. 그때, 가족이, 피붙이가 단 한 명만 당신을 전송하고 있을 때 당신의 심정을 한낱 제가 어떻게 짐작할 수 있었겠습니까. 그저 알겠다. 과거 시험에서 좋은 일이 있기를 빈다 하시던 가라앉은 목소리의 말씀이 가슴 한구석에 응어리져 있습니다.

우리가 모퉁이를 돌아 정이 도련님의 시야에서 사라질 때 즈음에 도련님께서 조심히 가라며 체통을 잊고 소리친 그 말이 얼마나 고마웠던지, 당신의 전 친우분들이 보내신 온갖 미사여구로 둘러싸인 화려하지만 속빈 여러 가지 말들보다도 조심히 가라는 도련님의 말씀 한 마디가 더욱 가슴에 와닿아 부끄럽지만 작게 눈물을 글썽이고야 말았습니다. 그리고 당신 또한 그러시더군요. 제가 알고 있을 거라고는 생각지도 못하셨겠으나 눈시울이 붉어지신 것만은 그때 제가 똑똑히 보았으니, 아니라고 아무리 부정하시어도 어쩔 수 없습니다.

하루를 꼬박 걸어 주막에서 묵고, 다시 걷고를 댓 번 정도 반복했을까, 산기슭에 있는 조그만 초가집을 발견할 수 있었습니다. 오는 길에 마을이 여러 군데 있었으니 장시도 근처에서 열릴 것 같아 다행이라 생각하며 길을 기어하려 하였죠. 얼마 남지 않은 거리에 너나 할 것 없이 발을 열심히 놀리었습니다. 집에 도착해 간단히 짐을 풀고 났을 때, 당신이 하인 여섯과 나를 불러 그리 말씀하셨습니다.

"이제 너희 노비 문서는 내게 있으니, 너희 주인 또한 나라는 것이라 할 수 있겠구나. 혹여 노비 신세를 벗어나고 싶은 자가 있다면 지금 말하거라. 원하는 자는 문서를 태워 주마."

눈이 번쩍 뜨일 정도로 충격적인 말씀이었습니다. 당연한 일이었지요. 이제 짐승처럼 사고 팔리는 것이 아니라 사람답게 살 기회를 주겠다 하신 것이니 아니 놀랄 수가 있겠습니까. 하지만 그렇다 해서 어느 누가 바로 태워 달라 말할 수 있겠나요. 그저 어찌할까, 하고 서로 간에 힐끔힐끔 눈치만 보고 있었더니 그것이 당신에게도 보였는지 피식 웃으시고는 쥐고 있던 저희 일곱의 노비 문서를 반으로 찢어 버리시었습니다. 저로선 감히 생각지도 못하던 일이었죠.

좌-악하고 조금은 신경에 거슬리는 소리가 난 뒤에 저희 일곱은 모두 자유로운 평민의 몸이 되어 버렸습니다. 믿을 수가 없었지요. 다들 어안이 벙벙해져 있자 당신은 입꼬리를 올리시며 이제 모두 자유의 몸이니 남고자 하는 사람은 남고, 떠나고자 하는 자는 떠나라 하시고는 큰방 문을 닫으셨습니다.

폭풍이 휩쓸고 지나간 듯 순식간에 일이 벌어진지라, 서로 어쩔 줄을 모르다 한 사내가 자기 짐을 챙겨 마을 쪽으로 걸어갔습니다. 처음이야 어렵지만 그 뒤부터는 쉬운 법. 다른 사내들이 하나둘 떠나가고, 마지막 사내가 제게 작게 고개를 숙이고 사라질 때쯤 밤이 저물어 귀뚜라미 소리가 귀를 간지럽혔습니다.

당신께서 시키신 것도 아니지마는 그동안의 습관은 무서웠습니다. 항상 하던 대로 몸이 움직여 대더군요. 근처에 계곡이 있어서 우물 대신 그곳에서 물을 퍼내왔고, 늦었지만 먼지가 내려앉은 아궁이를 쓸어내고 조금 남아 있는 장작으로 불을 지펴 밥을 안쳤지요. 본가에서 몰래 싸온 김치와 순이가 주인마님 눈을 피해 안겨준 나물 반찬 몇 가지로 조그만 반상을 채워내고 문을 살짝 연 순간, 저는 황급히 문을 닫았습니다.

당신의 눈에서, 눈물이 흐르고 있었습니다.

제 나이가 열이 지난 뒤, 그러니까 당신의 친모께서 명을 달리하신 이후로 한 번도 보지 못한 것. 제 평생 다시 볼 것이라고는 생각지도 못한 것이었지요. 어릴 적 당신 어머니께서 손수 지어 주시었다는 배냇저고리를 품에 안고 끅끅거리며 소리 없는 울음을 토해내는 당신에 다리에 힘이 절로 풀려오더군요.

조그만 마루랄 것도 없는 마루에 걸터앉아 당신의 울음소리를 듣고 있자니 당신이 우리의 노비 문서를 태우신 이유를 이제야 알 것 같았습니다. 제 짧은 생각이니 아닐 수도 있지마는 혹여 당신 친모가 떠오르신 것은 아니신지요. 기녀이셨으니 천한 것이라 홀대받던 당신의 친모가 생각이 나 저희를 풀어 주신 것이 아니옵니까? 그리 생각한다면 당신께서 본가를 나오시어 이곳으로 오신 이유도 말이 되었습니다. 정이 도련님을 뵐 때마다 기생이라 시녀들에게 마저 조금씩 무시당하는 어머니가 떠오르셨을 테지요. 다시 말씀드리지마는 한낱 제 생각이오니 아닐 수가 더욱 많습니다. 다시 말씀드리지마는 한낱 제 생각이오니 너무 마음에 담아두지 말고 흘려들으시길. 그저 어린 계집이 주제 넘게 생각해 보았더라, 하고 잊어주세요.

제가 생각에 빠져들고 갓 지은 밥이 겨울바람에 싸늘히 식어갈 때쯤, 당신의 방이 덜컹 열리었습니다. 더 이상 눈물은 찾아볼 수 없었던 데다 운 것을 숨기시려는 듯 살포시 웃고 계시었건만 곱게 접힌 쌍꺼풀 근처와 눈 주위가 발갛게 변해버린 것은 숨기실 수 없으셨습니다.

제가 멍하니 당신을 바라보고만 있자 당신께서는 저를 잡아 일으켜 주시고는 상을 들고 방으로 들어가셨습니다. 그 행동에 저도 늦었지만 밥이라도 먹을까 싶어 부엌으로 들어가려 하는 찰나, 당신의 목소리가 저를 불렀습니다.

"연아- 저녁 먹자! 네 밥도 퍼다 와!"

어찌 제가 당신과 겸상을 하겠습니까. 주인어르신께서 아시었다 간 경을 칠 일이라 아무리 말리어도 당신께선 들은 척도 아니하셨습니다. 게다가 평소 하시던 명령조가 아닌 정이 도련님께 말씀하시는 듯한 밝고 편한 목소리, 마치 어릴 적 제게 말씀하시는 듯한 목소리는 저를 한 번 더 놀라게 하였습니다.

끝까지 함께 저녁을 하자는 당신의 말에 제 밥그릇과 수저를 챙겨 당신의 앞에 앉아 천천히 식사를 시작했습니다. 당신과 처음으로 함께 식사하는 것이라 제가 먹는 밥이 입으로 들어가는지 코로 들어가는지도 잘 모르겠었으나 그 순간이 무척 놀랍고 행복했었다는 것만큼은 제 머릿속에 똑똑히 박혀 있습니다. 지금까지도 마찬가지니, 더 이상 말해 무엇할까요.

그리 멍한 머리로 저녁을 먹고 있자니 당신께서 물으셨지요. 다른 자들 다 떠날 때에 어째서 가지 않고 자리를 지켰느냐고. 그때야 놀라 제대로 대답을 못하였지마는 지금은 솔직히 말씀드리겠습니다. 거창한 이유는 아니옵고, 그저 당신 때문이었습니다.

당신의 사람이 되라 하시지 않으셨습니까. 그 어린 나이에 당신의 입지가 불안한 것을 일찌감치 알아차리시고는 저에게 주인어른이 아니라 당신의 사람이 되어 달라 하지 않으셨습니까. 끝난 제 인생을 다시 이어주신 분이시거늘, 제가 어찌 당신을 두고 사라지겠나요. 그것뿐만이 아니었습니다. 첫 번째 이유만으로도 충분히 남아 있었겠지마는, [2]기실 당신을 마음에 품은 지가 한 해를 넘어가고 있었습니다. 그리 오랫동안 조용히 사모하였는데, 설마 제가 남지 않을 리가요.

하지만 바보 같은 저로서는 차마 입에 담지는 못하고, 그저 당신

2) 기실 (其實) [명사] 실제의 사정. '사실은'으로 순화 가능

을 향해 한번 웃어 보인 것이 끝이었습니다.

넉 달은 생각보다 순식간에 지나갔습니다. 신유년의 새해는 밝아
왔지만 안타깝게도 당신과 도련님께서는 과거 시험에 합격치 못하
셨지요. 무어, 안동 김씨 가문이 조정을 다 장악하고 있으니 어찌 보
면 당연한 일이었습니다. 지금 임금이 허수아비라는 것은 세 살짜리
어린아이도 아는 것인걸요.

그걸 모르실 리가 없으심에도 주인어른은 당신께서 대과에 떨어
지시자 빨리 본가로 돌아오라 하셨습니다. 패나 엄하게 말씀하시었
죠. 안 그래도 당신께서 저희들을 풀어주신 것을 못마땅하게 생각하
시고 있는 마당에 이 일은 주인어른이 쥘 수 있는 가장 큰 패였습니
다. 하나 당신은 그에도 불복하시고는 다시 집으로 돌아가시겠다며
본가에서 이레 정도 계시다가 저를 데리고 집으로 돌아오셨습니다.

주인어른은 엄청나게 노하셨습니다. 항상 체통을 중시하시다 못
해 목에 칼이 들어와도 체통은 지키라 하시던 분이 당신은 더 이상
본인 아들이 아니니 알아서 하라며 크게 소리치셨던 정도이니 더 말
해 무엇할까요. 그것도 저희 같은 하인들이 모두 있는 곳에서 말입
니다. 정이 도련님까지 섭섭하다며 며칠 더 있으시길 권하셨으나 당
신은 고개를 저으셨습니다. 같은 집에서 산 지는 얼마 되지도 않았
건만 당신과 가장 친밀하게 지내시던 정이 도련님의 말에도 단호하
게 발걸음을 돌리셨으니 제가 그 이상 무어라 말할 수 있었겠습니

까. 그저 다시는 본가로 돌아오지 못할 것만 같아 친하게 지내던 순이에게 주전부리 하나 쥐여주고는 죄지은 듯 고개 숙이며 본가를 나왔습니다. 뒤통수가 따갑더군요. 주인마님께서 노려보시던 것이 아직도 생생합니다.

당신께서는 집에 오시고 나서도 하루 종일 방 안에 틀어박혀 책을 읽으셨습니다. 아직 과거는 두 해나 멀었는데 벌써부터 준비하시나 하고 되려 걱정이 되었지요. 축시를 알리는 인경 소리가 귓가에 흐릿하게 맴돌고 나서야 초를 끄시니, 말려야 하는 것이려나, 하고 걱정했습니다. 하지만 제가 무슨 자격으로 그리 말을 올릴까 싶어 한동안 갈팡질팡하다 결국은 자시쯤 될 때마다 주무시지 않을 것이냐 한두 번 여쭈는 것이 제가 할 수 있던 전부였습니다. 그리 여쭌다 하여 바로 침소에 드시지는 않았지만 알겠다며 ³⁾축시(丑時) 전에는 잠자리에 드셨으니 그나마 다행이었지요. 하지만 그때 조금 더 열심히 당신을 말렸었다면, 당신께 무엇을 보고 계시었는가 여쭈었다면 조금이나마 작금의 상황이 변했을까요.

이상하게도 그해는 소식이 많았습니다. 그중에 하나를 꼽자면 아무래도 정이 도련님의 약혼 소식을 빼놓을 수 없겠지요. 김가 서현이라는 아가씨와 도련님 두 분 중 하나가 약혼하신다는 말에 처음에는 심장이 덜컹하였습니다. 아가씨의 현(玹) 자와 당신의 민(珉)자가

---

3) 십이시의 둘째 시 오전 한 시부터 세 시까지

같이 옥이라는 뜻을 지닌다 하기에 혹여 당신과 약혼하시는가 하고 주제넘게도 걱정하였습니다. 조금 더 솔직히 말한다 하면 분수를 모르는 질투까지 하였으니, 그때는 얼굴도 제대로 못 뵌 분께 그만한 실례가 따로 없었지요. 하나 후에 얼굴을 뵌 아가씨는 너무도 아름다우신 분이셨고, 미천한 저까지 신경 써 주실 정도로 상냥하신 분이셔서 아직까지도 그분께는 죄송할 따름입니다.

도련님과 아가씨의 약혼은 참으로 성대하게 이루어졌다 하였습니다. 시간이 되지 않았는지라 직접 보지는 못하였지만, 당신께서 받으신 편지로 미루어 보건대 엄청난 일이었겠지요. 혼례도 아니고, 단순히 약속 하나 하는 것에 이리 크게 잔치를 벌이시니, 혼례식을 올리실 때에는 어찌 되려나 하고 궁금하기도 하였죠. 하지만 이런 경사에도 당신께서는 약혼식 다음 날에 하루 얼굴 비추시고는 다시 집으로 돌아오시기만 하셨습니다. 정이 도련님과 서현 아씨께서는 서운해하시었지만, 당신은 말을 바꾸시지 않으시고 축하한다, 한마디 남기시고는 저더러 짐을 챙기자 하셨죠. 그것이 본가로 간 마지막 발걸음이었습니다.

하루하루 덧없이 시간이 흘러갔습니다. 그때부터 당신과 함께하는 시간이 늘어갔습니다. 책을 읽다 나오시면 마당에 한그루 자라있는 가막살나무를 함께 보고는 했습니다. 그리고 저것은 언제야 이파리를 피울까 하고 담소를 나누며 시간을 보냈지요.

거기에 두 달에 한 번, 아랫마을에 장을 보러 갈 때면 당신께서는 항상 저와 동행하시었습니다. 그때 하나 사 주신 가락지. 귀한 금가락지, 은가락지 같은 것은 아니었지만 당신이 주신 데다 제가 가진 첫 가락지이니 어찌 귀중히 하지 않을 수 있겠습니까. 하루에도 몇 번씩 꺼내어 보고, 쓰다듬고 어루만져도 보았지만 정작 손에 끼워본 적이 얼마 없는 것이 한입니다. 이리 될 줄 알았으면 당신 계실 적에 자주 끼고 있을 것을. 뒤늦은 후회가 허무하게 나뭇잎을 스치고 가네요.

당신이 곁에 계셔서일까요, 시간이 날개라도 단 듯 차디찬 겨울이 순식간에 지나고 녹음이 푸르러지고 꽃이 하나 둘 흙바닥에서 고개를 빼꼼히 내밀기 시작하는 봄이 왔습니다. 가막살 나무에 푸르른 이파리가 매달리기 시작했고 산등성이는 진달래가 그득해 볼을 붉히기 시작했습니다. 어느 집 누구가 저 집 딸과 눈 맞았다더라, 하는 소리가 장시에서 간간이 들려오기 시작하더군요. 집에서는 가끔이지만 시간이 남을 때면 제가 부르는 피리소리에 당신이 조용히 노랫가락 불러 주시는 것이 소소한 행복이었습니다.

평소와 다를 것 없는 여느 하루, 뒤뜰에 벌써부터 날벌레가 날아다녀 마당에서 소리 죽여 피리를 불다 뒤에서 뭐 하고 있었느냐는 당신의 말에 소스라치게 놀라며 피리를 떨구었습니다. 그에 땅에 떨어진 피리를 주워 주시며 당신께서 말씀하셨습니다.

"그 피리 소리, 처음 듣는 것 같은데."

처음 들으시는 게 당연했습니다. 그야 오늘따라 동그래 보이던 달을 보며 제멋대로 부르던 것이니까요. 하나 혹여나 신경에 거슬리신 것은 아닌가 싶어 대답은 못하고 어색하게 웃자 당신께서는 눈꼬리를 곱게 휘시면서 말씀하셨습니다.

"무어라 하려는 것이 아니라 듣기 좋기에 하는 말이다. 다시 들려 주련?"

부끄럽다고, 실력이 좋지 않다고 아무리 손을 내저으며 사양해도 당신은 계속해서 부탁해 오시었습니다. 그리 당신께서 부탁해 오시는데 안 하기에는 또 모양새가 이상할까 싶어 알겠다 하고 한 소절 연주하였습니다. 숨이 딸려 가쁘게 숨을 고르는 제게 당신이 그리 말씀하셨죠.

"좋다. 노래."

전에도 들은 말이지만 그리하다 하여 당연한 말은 아니었습니다. 그에 쑥스러워 감사하다 말씀드리고는 밤이 늦었으니 요나 깔러 갈까, 싶어 일어섰을 때. 당신이 한마디를 덧붙이셨습니다.

"그런데 네가 더 좋다. 연아."

제 귀가 잘못된 줄로만 알았습니다. 아, 내가 당신을 사모하다 못해 이제는 환청까지 듣는구나, 그리 생각하고 있었습니다 있었습니다. 아무리 서자라지만 참판 댁 아드님이 저같이 천한 것에게 그리 말씀하실 리가 없다며 눈치 없이 뛰는 가슴을 진정시키려 노력하는 중에, 굳은살 박힌 손이 제 눈가를 사르르 쓸었습니다. 손가락에 물기가 아른거리는 것이, 저도 모르게 눈물방울을 흘렸던 모양이더군요.

"왜 우는 것이냐, 혹여…… 그렇게도 싫더냐? 그리하다면 못 들은 것으로……."

"아니요! 아니…… 아니 옵니다…… 그것이…… 그러니까……."

다리가 풀려 흙바닥에 멍청히 주저앉았습니다. 진심이십니까? 겨우 내뱉은 바보 같은 한마디. 아직 아닐 거라 말하는 머릿속 한 귀퉁이가 시킨 말이었습니다. 그런 제게 진심이라며 지으신 당신의 악동 같은 미소. 혹여 네가 오해할까 덧붙이는 말이다만 꿈도 아니라며 말씀해 주시며 입꼬리를 올리셨죠. 어두운 밤이라지만 당신께서 눈높이를 맞추어 주시기까지 하였는데 제 눈에 그것이 안 보일 리가요.

알지 못하는 치들은 푼수 같다 하지만 제가 알고 있는 가장 아름다운 것이니만큼, 아니 볼 수가 없었고, 지금까지 잊을 수가 없었습니다. 멍하니 당신을 쳐다보며 눈물방울들을 흘리던 제 머리를 슥슥 쓰다듬어 주시며 연모한다 한 번 더 말씀해 주신 당신의 손길을 아직 선명히 기억합니다. 언제쯤 잊을 것이냐 하시면 글쎄요, 제 명이 이승에 있는 한 잊고 싶지는 않습니다.

그 뒤로부터는 당신께서도 잘 알고 계시겠지요. 당신과 저는 얼마 가지 않아 둘만의 작은 혼례를 올렸습니다. 당신께서는 자식 된 도리로 부모께 알리는 것이 당연하지마는 주인어른께 말씀드렸다가는 정말 말뿐이 아니라 호적에서 파일 수도 있고, 제게는 무슨 일이 일어날지 모르니 알리지는 말자며 씁쓸하게 말씀하셨습니다. 제 생각도 같았던지라 저와 당신은 정이 도련님께만 몰래 서신을 보냈었죠. 답장은 순식간에 왔습니다. 어깨너머로 보아 왔던 것으로는 항상 동글동글하면서도 단정한 필체를 유지하고 계시던 정이 도련님의 글씨와는 완전히 다른, 어디론가 날아갈 것만 같아 보이는 글씨체가 제 눈을 가득 메웠습니다.

"풋, 나한테 글씨 좀 단정히 쓰라며 잔소리 하던 녀석이 이리 급히 휘갈겨 보낼 줄이야. 정이 이 녀석 들뜨기는. 제가 약혼식 올릴 때는 오래 있어 주지도 못했건만."

"아무래도 상냥하신 분이니까요."

당신의 마지막 말씀에 쓴맛이 묻어난 것만 같아 되려 더 밝게 말한 것이 해답이었는지, 당신의 얼굴은 금방 밝아졌습니다. 그리고는 저와 함께 서신을 읽어내려 갔죠. 정이 도련님이 보내신 내용은 간단했습니다. 혼인을 축하드린다. 행복하게 잘 사시길 빌며 본인의 혼례 때도 와 달라는 말이 종이 한 장을 가득 메우고 있었죠. 다음 장으로 넘어가자 몇 줄 지나지도 않아 중간에 필체가 개성 있으면서도 어딘가 단정하며 예뻐 보이는 필체로 바뀌었습니다. 서현 아가씨가 보내신 것 같다는 게 저와 당신의 공통된 생각이었죠. 서현 아가씨 께서도 좋은 소식이 반갑다고 해 주시었습니다. 그에 기분이 더 좋아진 것은 어째서일까요.

어쩌면 저는 제가 당신과는 어울리지 않는다는 생각에 사로잡혀 있었을지도 모르겠네요. 지금이라고 해서 생각이 크게 달라지지는 않았지만 그때는 더욱 심했었으니까요. 그래서 서현 아씨의 잘 어울린다는 말이 기뻤을지도 모릅니다. 그날 이후로 당신은 제게 참 많은 것들을 해 주시었습니다. 방에 앉아 책을 읽으시던 분이셔서일까요, 어찌 꽃말을 아시었는지 산보를 나갔다 오실 때면 맨드라미, 산앵두를 심심찮게 가져다주시었고, 심지어는 이 산골에서 어찌 구하셨는지 배꽃까지 따다 주시었습니다.

당신과 함께하는 날들은 정말 행복하였습니다. 빈말이셨겠지만 가다 한 번씩 보기 좋다, 예쁘다 하고 말해 주실 때면 주책없는 뺨이 붉어졌습니다. 심장이 미친 듯이 뛰고 피리를 불지도 않았는데 숨이 막혀왔지요. 그때마다 당신은 그 사람 좋은 얼굴로 바스락 웃어주시 었습니다. 이리 행복하다 보니 귀신이 시샘하였을까요, 행복이 일순간에 끝나 버렸습니다.

빌어먹을 조정, 제가 이리 말하는 것을 들으시면 좋지 않은 말이다, 하고 입을 옷소매로 슬쩍 가리시겠지요. 하지만 지금은 들을 사람이 없으니 마음대로 지껄이렵니다. 무엇이 그리 잘났기에 사람을 잡아가는지. 당신이 서쪽의 학문인 서학을 공부하시었다 하셨습니다. 사람과 사람은 신분과 관계없이 모두 평등하다는 그 말이 그리도 거슬리었는지 동녘 동(東) 자가 들어간 책들, 제목이 동국이상국집과 동국여지승람, 마지막 책이 동국통감이었던가요. 이런 책들이 있으니 천주학쟁이라며 당신을 막무가내로 끌고 갔습니다.

소문에 따르면 당신께서는 귀양가신다 하더군요. 천주학을 믿으면 대역 죄인의 율로 다스린다기에 사형은 아닐까 하고 가슴을 졸였더니 귀양가신다는 말에 천만다행이라 생각하였습니다. 하지만 조금 진정하고 나서 보니, 귀양 또한 고달프시기는 매한가지라는 생각이 들었습니다. 파도가 거칠기로 유명한 남해의 한 섬으로 가신다 하니, 당신이 귀양 가시기 전, 옥중의 당신을 보려 밤늦게 먹을 것들을 싸서 옥으로 달음박질쳤지요. 그때 당신께서 그리 말씀하셨습니다.

"너도 들었겠지마는, 귀양 간다 하더구나. 태형이 좀 고달프지 다른 게 있겠느냐. 이럴 줄 알았으면 네게 밥 짓는 것이라도 배울 것을."

옥중에 있으시면서도 당신은 농 같지 않은 농을 던지시었습니다. 그 농이 저 때문이라는 것을 알기에 웃지를 못하자 미안하다 하시며 진지하게 말씀하셨지요.

"미안하지만 조금만 기다려다오. 내 일곱 달 뒤에 돌아오겠다. 네

가 좋아하는 봄과 함께 올 것이야. 내 너와 약조하마. 우리 혼례날 내
가 그랬지. 무슨 일이 있던 거짓은 않겠다고. 믿어다오. 연아. 못난
지아비지만 믿어줘."

다른 사람들 눈을 의식하시며 바깥에서는 꼭 사용하시던 격식체
를 모르는 척 내던지시고 말씀하시는데 제가 어찌 못하겠다 하겠습
니까. 알았습니다. 알겠으니 더도 말고 덜도 말고 몸만 성히 갔다 오
시라고 그리 부탁드렸습니다. 어느새 저와 당신의 눈에 눈물이 아롱
아롱 맺히자 우리 둘은 나무로 만들어진 감옥 사이로 팔을 뻗어 어
떻게던 서로를 안으려 버둥거렸습니다. 믿겠습니다. 믿을 터이니, 봄
에 뵙겠습니다. 인사는 눈물로 대신하고 다음 날, 당신은 태형 서른
대와 함께 남쪽의 작은 섬으로 귀양가시었습니다.

집에 돌아오고 얼마 되지 않아, 본가에도 연락이 갔는지 주인어
른과 정이 도련님이 저희 집으로 오셨습니다. 오자마자 뺨을 갈기시
더군요. 그리 체면을 중시하시던 분이라 그런가, 본인의 장남이 한때
노비로 부리던 계집이, 출신도 분명하지 못한 계집이 꼬리를 쳐 귀
중한 아들의 인생을 말아먹었다는 게 그 이유였습니다. 심지어 당신
께서 서학을 공부하신 이유도 저 때문이라며 저를 잡아다가 잡아먹
으실 것 같이 호통을 치셨습니다.

말씀하시는 내용은 길었지만 더듬어 보면 하나였습니다. 너같이
출신도 모르고 볼 것도 없는 계집애가 이 가문에 들어와 미꾸라지

마냥 물을 흐리고 있음에, 이미 혼례를 치렀다지만 아는 사람도 우리 집안사람뿐이요, 아이가 있는 것도 아닌데다 관아에 신고도 아직이지 않느냐. 이번만큼은 마음 넓은 본인이 용서해 줄 터이니 딴 마음 먹지 말고 없는 사람인 양 살며 당신이 돌아오시걸랑 본가로 보내라는 것이었죠.

이때 제가 무어라 대답을 한들 그분께 들릴 리가 있나요. 하나 이미 부부의 연을 맺은데다 제가 당신께 어울리지는 않지만 당신을 사모하고 있으며 당신 또한 마찬가지이니, 죽어도 그러지는 못한다 말씀드렸습니다. 그랬더니 본인보다 새파랗게 어린 계집이 따박따박 말대꾸한다며 잔뜩 흥분하시더군요. 급기야는 저를 때리려 하시기에 몸을 움츠렸지만 아픈 느낌이 없어 고개를 드니 동행하신 정이 도련님이 막아 주셨습니다.

화가 나신 주인어른, 이제는 주인어른이라 불러서는 아니 되려나요. 일단은 주인어른이라 칭하겠습니다. 주인어른께서는 당장에 저를 본가에 데리고 가려 하셨지만 이미 당신께서 제 노비 문서를 없애셨으니 그러실 자격이 아니 되었지요. 결국 주인어른과 정이 도련님은 금방 본가로 돌아가셨습니다. 뒤도 돌아보지 않고 악담을 하시며 내려가신 주인어른과 달리 정이 도련님은 이제 서현 아가씨와 혼례를 올릴 것이라 하시며 제게 엽전 꾸러미를 안겨 주시었습니다. 사양키도 전에 싱긋 웃으시며 산을 내려가시었죠. 본인도 천주학쟁이의 형제이니 출사길이 막혔을 터인데 내색 한번 아니하시고 전처럼 몸조심 하라는 그 말이 어찌나 감사하였는지 모릅니다.

당신과 함께 있었을 때는 시간이 빠른 줄도 모르고 잘만 가더니만, 당신이 없으시니 일각이 여삼추더군요. 하루하루가 어찌 그리 느리게 가는지. 달려가는 시간의 발목에 무게추라도 달아놓은 양 시간이 그리 아니 가더이다. 그리하여 이것을 쓰던 것을 더욱 재촉했습니다. 그 전부터 조금씩 쓰고야 있었지만 이제는 당신이 가고 나시니 할 것도 없어진지라 손을 빨리 놀리었죠. 글재주도 없는 몸이지만 시간이야 남아돌고 있는데다, 시간이 될 때마다 나물을 뜯어 장시에 팔다 보니 혼자 먹고 살 만큼은 이럭저럭 되어 전에 한번 써 볼까, 하고 쓰던 것이 이리 길어졌네요. 당신께서 걱정하시던 것보다야 잘 살고 있었습니다.

그리 늦장을 부리던 시간도 가기는 가는지 심술이 가득한 동장군이 물러갈 때가 되자 가슴이 조금씩 떨리어 왔습니다. 이제는 봄이구나. 봄이 오니 당신이 오시겠구나. 하고 매일매일 전에 없이 기대하고 살던 중에.

날벼락이 떨어졌습니다.

관아에서 저를 부른다 하기에 무슨 일인가 하고 치맛자락 휘날리며 달려갔습니다. 무슨 일이신가 여쭈오니 당신의 생사가 불분명하다 하시더군요. 섬 근처에 유난히 파도가 심하여 그 고장 사또께서 무슨 일이라도 있는가 싶어 당신이 귀양가신 섬에 가시었다는데, 사람을 풀어 찾아보아도 당신이 보이질 않는다 하셨습니다. 어이가 없어 헛웃음까지 나왔습니다. 그리 기다렸는데. 여섯 달을 당신 하나만 보며 기다렸습니다. 다시 봄이 오려 싹이 움트건만 당신이 오시지 않으신다는 말에 어이가 없어 제가 무슨 정신으로 집에 왔는지도 모르겠습니다.

민, 이리 하시면 아니 되지요. 절대로 아니 됩니다. 제가 용서치 않을 것입니다.

당신의 얼굴이 아직 생생합니다. 큰 키만 보아서는 대장군이라 하여도 믿겠지만은, 제게만 보여 주시는 표정을 지으실 때면 교아(嬌兒) 같이 고운 선을 지니신 그 사랑스러운 얼굴을 기억합니다. 봄과 함께 오시겠다던 그 묵직하며 부드러운 음성을 기억하고, 고이 잡아 주시었던 굳은살 박인 손을, 맞닿으면 까칠하고 보드라운 입술을 기억합니다.

그런데 이리 가 버리시면 어찌하란 말씀이십니까.

마음을 주어놓고 가시면 끝입니까. 제 것도 다 가져가 없이는 존재조차 못하게 하시고는 떠나시면 끝입니까. 빈말이셨겠지만 보기 좋다, 예쁘다 하셨을 때 주책없는 뺨이 붉어졌습니다. 심장이 미친 듯이 뛰고 숨이 막혀 왔었건만, 다 버리고 가 버리시는 겁니까.

제게 하시던 언약을 기억하시나요. 무슨 일이 있던 거짓은 않겠다 하시었지요. 그 언약. 이리 쉽게 어기시는 겁니까. 제게 허언하시었습니다. 돌아온다 하시었습니다. 아직도 그리 말씀하시던 당신의 목소리가 기억 속에서 선명하게 들려옵니다. 봄과 함께 올 것이라 하시었죠. 봄은 왔건만 당신은 보이질 않습니다. 진짜 거짓이셨나요. 아닙니다. 제 눈이 잘못된 것이겠지요. 그리 믿으렵니다. 당신이 제게 그리 허언하실 리가 없지요. 아직 봄이 오지 아니하였다고. 그리 생각하겠습니다. 당신이 쥐어 주신 희망을 놓지 않겠습니다. 당신이 잡아다 놓지 말라고 쥐여 주신 것을, 당신 때문에 놓는다는 것이 말이라도 된답니까.

사람은 이름 따라간다 하던 옛말이 진실이었습니다. 어릴 적 당신께서 적어 주신 한자 중 가장 마음에 들어 선택한 이름이 지금 제 꼴을 보이고 있으오니. 흔한 연이란 이름. 사람이 흔치 않으니 이름도 아름답다 해 주신 이름이 이리도 야속할 줄이야. 그저 이름 따라 그리고. 또 그리고만 있습니다.

천천히라도 좋습니다. 언제 오시던 상관치 않을 터이니 와주기만 해 주십시오. 당신이 오지 않으시면 제게는 봄도 오지 않을 것입니다. 봄을 기다리며, 당신을 기다리며 소리 좋다 하신 피리를 불겠습니다. 노랫가락 따라 잠시라도 머물렀다 가 주시지요. 영영 아니 오신다 하시면, 기억 속에서라도 당신을 추억하겠습니다.

마지막으로 이 서적에 물망초 한 송이를 동봉합니다. 저를, 당신을 그리워하던 연을 잊지 말아 주세요.

민(珉), 사랑했었고, 사랑하고, 사랑하겠습니다.

승아의 일기장

내가 사랑했던 사람아,

벌써 삼 년이나 지났던가요. 나 이제 당신이랑 동갑이야. 이제 곧
성인이란 말이에요. 그거 기억나요? 당신 성인되면 내가 꽃다발 한
움큼을 사서 선물해 주기로 했는데. 그리고 나 성인되면 같이 술도
마시러 가기로 했잖아요. 난 약속 지켰어. 당신 성인이던 그 생일 날
나 당신 찾아가서 꽃다발 한 움큼 주고 왔잖아요. 당신도 봤지. 봐야
지. 약속도 못 지켰는데 그거라도 봤어야지. 이것만 쓰고 난 또 약속
지키려 술 한 잔 하러 가려고요. 근데 같이 약속한 사람이 곁에 없으
니까 약속 지키기가 참 외롭고 힘들고 그러네.

우리 처음 만났을 때 일어로만 대화했잖아요. 근데 난 그때도 확

실히 당신에게서 동질감 비슷한 무엇인가를 느꼈던 것 같아. 당신은요? 당신한테 물어보고 싶은 게 참 많은데 이젠 물어볼 수도 없게 생겨서. 또 이 말들은 허공에 떠다니다 맥없이 사라지기만 하려나요. 기왕이면 당신 있는 곳까지는 갔으면 하는데.

요즘도 가끔, 아니다, 이젠 많이 안 울어요. 이제는 당신 생각, 그렇게 많이 나지도 않는데 그래도 가끔 이렇게 당신을 부르고 싶단 충동이 확 밀려오면, 그러면, 그러면…… 또 그냥 울 수밖에 없네.

그런데 생각해 보면 솔직히 당신, 온통 거짓투성이야. 날 사랑한다는 것까지 거짓은 아니었죠? 아니야 당신 눈빛은 언제나 진심이었잖아. 그 눈빛을 어딘가에 담아뒀다 가끔씩 들춰볼 수 있다면 얼마나 좋을까요.

가끔은 당신이 나를 좀 보고 싶어 해 줬으면 좋겠어요. 내 생각도 좀 해 주고, 나 좀 그리워해 주고, 너무 보고 싶어 못 견디겠으면 가끔 내 꿈속에 나타나서 나한테 인사도 좀 해 줘요. 아직도 내가 좋은 꿈을 꾸길 바란다며 인사할 때 네 꿈을 꿀 것이라며 함께 손을 흔들어주던 당신을 그리워합니다. 매번 잘 가요, 라는 인사를 하며 당신을 애써 보내봐도 당신은 이미 내 마음속 한켠에 자리 잡아 떠나지를 않더군요. 그래서 이제는 더 이상 인사 같은 건 하지 않으려고요. 가끔 내가 내 마음속 당신 자리 옆에 살포시 앉으면 따스하게 안아 줘요. 사랑해요. 오래도록. 오늘은, 당신이 더 많이 그립다.

끝나지 못한 이야기

　이름 모를 산골 마을에는 유명한 이야기가 하나 있었다. 양반집 도련님과 이름 모를 처녀가 저 깊은 산속 어디선가 살았다던 이야기. 언제인지는 모르지만 이 동네 아이들 모두 아는, 내용은 조금씩 달라도 누가 말하던 항상 끝이 같은 이야기. "할아버지, 할아버지. 그래서요? 그래서는 어떻게 됐어요?" 이렇게 물으면 노인들은 항상 쓸쓸히 웃으며 먼 허공을 응시하고는 했다. 그리고 말라비틀어졌으나 무엇보다도 담은 것이 많은 입술이 파르르 움직였다.

　"그래. 그 처자 결국 이름 따라갔단다."

기다렸다. 한 해가 지나고 두 해가 지나도록 기다렸다. 그래도 보이지 않았다. 오지 않았다. 기다림에 지치고, 오지 않는 그에게 지치고, 아둔하게도 이름 따라 어리석은 믿음 한 가닥, 물망초 한 송이 그러쥐고 기다리는 그녀 자신에게 지쳤다. 정에게서 오던 연락은 둘 사이에서 아이가 태어났다는 것 이후로 끊겼고 순이도 혼인했다는 전갈 뒤로는 소식을 찾을 수가 없었다.

기다림에 지친 그녀는 떠났다. 어디로? 그녀도 몰랐다. 그저 발길 가는 데로 가 보자 하고 발을 놀렸다. 짐가방 안에는 낡디낡은 피리한 자루가 덜렁 들어 있었다.

다음 날, 지치고 피로해 보이는 사내가 마을을 찾았다.

이번에는 그가 기다렸다. 삐뚤삐뚤한 글씨로 가득 메워진 책을 떨리는 손으로 읽으면서도 혹여나 찢어질까 눈물방울이 떨어져 얼룩이라도 생길까 조심하며 해가 서산에 걸리도록, 오래도록 읽었다. 나무에 꽃이 피면 꽃같이 발그레한 뺨의 그녀가 생각났고 기다림에 지칠 때면 그가 지어준 그녀의 이름이 생각났다. 이러고 있는 것이 명청함을 알면서도, 차라리 느린 발이라도 열심히 움직이며 수소문이라도 하는 것이 낫다는 걸 알면서도 그의 머리는 책을 외울 때까지 읽어대었고 그의 양심은 기다리기를 원했다.

그는 이기적이었다. 사랑하는 여자의 꿈을 이루어 주지는 못할망

정 기다려 달라고만 했다. 사람들이 많은 곳에서는 눈치가 보여 격식체를 사용했고 아버지의 행동을 알면서도 막지 못했다. 결국 그는 사랑을 속삭였지만 모든 것을 포기한 그녀에 비하면 참으로 허울뿐인 말이었다. 그는 이기적임을 알면서도 이기적이게 행동했고, 그녀의 아둔함에 슬퍼하면서 기뻐했다.

사람들과의 왕래는 끊겼다. 가문이 몰락해 간다는 소식을 들었다. 정이와 서현이 간신히 스러져가는 기둥을 붙들고 버티고 있다 하는 소리를 들었다. 응당 찾아야겠지만 미안함과 죄책감에 이러지도 저러지도 못하고 세월만 보내가고 있었다.

똑똑한 그의 머리는 늦었지만 지금이라도 여인을 찾아야 함을 알았다. 그러나 그의 마음 한구석은 이를 거부했다. 그리 아둔하다 생각하던 그녀와 같이 행동하고 있는 것을 알면서도 그만두지 못했다.

매일매일을 한탄과 눈물로 지새우던, 반들반들한 옥처럼 빛나던 사내는 빛을 잃은 채 그의 옆에 있던 물망초 한 송이 그러쥐고 잠들었다.

말라비틀어진 물망초가 거칠어진 손 아래 파스스 바스라졌다.

백주하

어…… 안녕하세요. 백주하입니다. 제가 책을 읽을 때마다 항상 선망의 눈길로 보던 작가라는 이름을 제가 달게 되니까 너무 어색하네요. 저는 원체 책을 좋아하는 사람이어서 그런가, 어릴 때부터 책을 한 번쯤을 쓰고 싶다는 생각을 해 봤었어요. 그래서 중학교에 올라오면서는 짧은 조각글이나 패러디를 쓰기 시작했고 지금 제 첫 번째 소설이 탄생했습니다.

처음 구상했던 책의 제목은 유애였지만 합작 소설의 제목에 더 잘 어울리는 것 같아 〈colors〉라는 제목으로 바뀌었습니다. 사실 더 오래 붙잡고 있던 소설은 유애지만 제게 더 기억에 남는 것은 혼자 쓴 물망초인 것 같아요. 그렇다고 해서 유애가 별로라거나 하는 건 아니에요! 제가 워낙 시대적 배경이 예전인 글을 쓰다 보니 이런 현

대물을 쓸 기회가 잘 없었어서 기회가 난 김에 신선하면서도 재미있게 쓴 글입니다.

물망초는 원래 [그리워할 연]이라는 제목으로 조각글을 썼던 게 시작이었어요. 인기는 별로 없었지만 모처럼 마음에 든 소설이었는지라 이걸로 끝내기가 아쉽다는 생각에(예닮이가 많이 응원해 줬습니다!!) 이렇게 확장시켜 쓰게 되었습니다. 어렸을 때 읽었던 이영서 작가님의 책과 노니는 집이 떠올라 주 사건을 신유박해로 잡았어요. 결국 그 내용보다는 오글거리고 쓸쓸한 이야기가 주를 이룬 것 같지만 그래도 마음에 드는 글이 되어서 다행이라고 생각해요. 여러분께서 재미있게 읽으셨다면 그걸로 된 거겠죠.

사실 이번에 글을 쓰면서 느낀 점이 많았어요. 전 세계의 모든 작가님들을 존경하게 되었고 글을 쓸 때 백업과 플롯의 중요성을 다시 한번 뼈저리게 느끼게 되었습니다. 새로운 경험을 가지게 해 주신 배설화 선생님께 감사하다는 말씀을 드려야겠네요. 정말 감사해요, 쌤!!

새드엔딩을 보고 펑펑 울면서도 새드엔딩을 좋아하기 때문에 이번 소설도 새드엔딩으로 할까, 했지만 열린 결말로 끝을 맺었습니다. 뭐, 민이 구사일생으로 살아 있을 수도 있는 법이니까요. 뒷이야기는 여러분의 상상력에 맡기도록 하겠습니다. 에필로그는 단순한 2차 창작처럼 읽어 주셨으면 하는 바람이에요. 이게 진짜 엔딩인지, 아닌지는 저만 알고 있는걸로. ㅎㅎ

중간에 두 번 정도 날아가서(누가 삭제시켰는지 심증은 있지만 물증이 없는 관계로 날아간 걸로 할게요.) 머리를 쥐어뜯었던 것도 지금 생각하면 마냥 웃기네요. 그렇지만 범인은 내가 가만히 두지 않을 것이야.

물망초의 민과 정. 서현은 친하게 지내는 같은 도서부 애들 이름에서, 제 가장 친한 친구의 이름에서 따온 거예요. 갑자기 부탁했는데도 흔쾌히 허락해 줘서 고마워. 셋 다. 그리고 성을 바꿔버린 두 분께는 죄송함을 표할게요. 중간 중간 그 애들을 연상하면서 쓴 점이 많았어요. 그러니까 키가 크다거나, 공부를 잘한다거나, 글씨가 예쁘고 상냥하다는 점 등등. 제가 닮고 싶은 점들을 많이 적었던 것 같아요. 게다가 전부 친구들을 바탕으로 해서 꽤나 기억에 남을 것 같습니다. 비록 너희가 이걸 읽으면 오글거린다며 내 멱살을 잡고 짤짤흔들고 놀릴지도 모르지만 일단은 고마워할게.

옆에서 항상 도와주고 응원해 준 예닮이. 항상 옆에서 장난치며 응원해 준 동생들과 엄마, 아빠께 감사하다는 말을 전할게요. 이름을 허락해 주고 너희 생각하면서 재미있게 글을 쓰게 해 준 도서부의 최정민, 이정철. 마찬가지로 이름을 허락해 주고 힘들 때마다 징징거려도 항상 받아준. 내가 너무너무 사랑하는 오현서. 피드백 보내 준 가영이도 정말 고마워. 시험을 한주 남기고 부탁한 표지를 너무 멋있게 그려 준 수진아! 정말 네 덕에 우리 책이 나올 수 있었어. 정말 감사합니다.

그리고 응원해 준 우리반 친구들도 마찬가지. 너희 덕분에 마지막까지 잘 끝낸 것 같아. 여기서 이만 마치겠습니다. 감사합니다.

박예닮

안녕하세요, 작가 박예닮입니다. 작가라는 말이 제게는 좀 어설프게 느껴지기도 하지만, 그래도 작가네요 히히. 주하와 유애를 함께 쓰면서 틈틈이 작업을 해 왔던 게 비애입니다. 비애를 쓸 때 가끔씩 이 스토리를 더 어떻게 전개해야 할지 막막해 지는 타이밍이 있어서 머리를 쥐어뜯고(물론 실제로 이러진 않았습니다) 커피를 엄청 마셔대며 글을 붙잡았던 제 지난날이 잠깐 생각이 납니다. 솔직히 힘들었습니다. 제가 작가라는 명백한 직업을 가지고 이 글들을 쓰는 것도 아니고 방학 동안 학원에 가 있을 때를 제외하고는 글에만 매달려 있자니 밤도 저절로 많이 새게 되더군요. 정성들여 쓴 글인 만큼 재미있게 봐주셨으면 좋겠습니다.

유애 같은 경우는 저와 주하의 다를 듯 비슷한 취향이 함께 섞여 들어간 평범한 듯 평범하지 않은 중학교 3학년 학생들의 이야기입니다. 나름 글이 재미있다고 생각하면서 썼는데, 독자분들도 함께 재미있게 느껴주셨으면 좋겠습니다.

비애 같은 경우는 온통 제 취향으로 가득 물들어 있는 작품입니다. 일제 강점기 시대가 오기 직전의 혼란스러운 상황에 있었을 법한 허구의 이야기를 그린 작품이라 조금 재미없게 느끼실 수도 있겠지만 예쁘게 봐주셨으면 좋겠습니다.

단편만 쓰며 책을 낼 생각을 꿈에도 하지 못하고 있던 제가 책을 낼 수 있도록 기회를 주신 배설화 선생님과 함께 멘탈을 잡아가며 열심히 달렸던 작가 주하(!!!), 새벽에도 제 타자 소리를 들으며 잠을 청했던 엄마, 아빠와 동생에게 너무나 감사하다는 말씀을 드립니다. 또 가영아! 책 검수해 주겠다고 해 줘서 너무 고맙다. 네 피드백 덕분에 잘 나오게 된 것 같다.

그리고 반에서 주하의 노트북으로 수정할 때 옆에서 멋있다고, 잘하라고 응원해 준 우리 3학년 8반 친구들에게 엄청난 감사를 드립니다. 감사합니다.